ニック・シャドウの
真夜中の図書館

The Midnight Library

3

ゲーム
オーバー

Nick Shadow
ニック・シャドウ
金井真弓＝訳

Series created
by Working Partners
Limited.

ゴマブックス

ベン・ジェペスに
心からの感謝をこめて

First published in the English language
by Hodder and Stoughton Limited

Japanese translation
rights arranged with Hodder and
Stoughton Limited
through Japan UNI Agency, Inc.

Welcome, reader.

読者のみなさん
ようこそ。

わたくしの名前はニック・シャドウ、秘密機関《ひみつきかん》“真夜中の図書館”の館長です。

“真夜中の図書館”なんてどこにあるのか、ですって？
どうしていままで聞いたことがないのか、ですか？

あなたがたの身の安全のため、これらの質問《しつもん》には答えないことにします。ただ……この話の出所をだれにもいわないと約束《やくそく》していただけるのなら（だれに、いや、なにに聞かれようとも）、この古い書庫に保管《ほかん》している物語をお教えいたしましょう。わたくしは長年調査《ちょうさ》をつづけ、人間が知る中でもっともおそろしい物語をあつめてきました。これらの物語を聞けば、みなさんの体は芯《しん》から凍《こお》りつき、若《わか》くてもろい骨《ほね》にはがたがたとふるえが走ることでしょう。ページをめくるのに勇気《ゆうき》がいるかもしれません。なにしろ、最悪《さいあく》の結末《けつまつ》がまっているのですから……。

The Midnight Library

ニック・シャドウの
真夜中の図書館
第三巻

目次

デザイン
こやまたかこ

イラスト
睦月ムンク

第一話

ゲーム
オーバー

End Game

車の中には防音装置《ぼうおんそうち》がほどこされ、後部座席《ざせき》と前の席《せき》はガラス製《せい》の仕切りでへだてられていた。

うしろの席《せき》で聞こえるのは、サイモンのゲームの音だけだ。

ピーッ、ピーッ、ピーッ。コントロールボタンを押《お》すたびに、音がでる。

勝利《しょうり》のファンファーレがかん高くなると、また一匹《ぴき》、ドラゴンがたおれた。

家への私道《しどう》にはいった車のタイヤが、砂利《じゃり》とこすれる音がしても、サイモンには聞こえなかった。携帯型《けいたいがた》ゲームの小さな液晶《えきしょう》画面に、目がくぎづけだったのだ。

このゲームをずいぶん長くやってきたけれど、ウェブサイトで見つけた、インチキな方法《ほうほう》で勝つためのヒントを思いだしてみよう――勇士《ゆうし》は馬をおりてから、歩いて門を通りぬけなければいけないんだ。急降下《きゅうこうか》したときに、ドラゴンが勇士《ゆうし》を見うしなうように――でも、あまり早く馬をおりると、橋がくずれ落ちて、勇士《ゆうし》は落ちて死んでしまう。

だから、ちょうどいいタイミングでやらなくちゃだめだ。

運転手《うんてんしゅ》がドアをあけたとたん、つめたい風がさっとふきこんで、サイモンのほほをうった。

「家につきましたよ、サイモンぼっちゃま」運転手《うんてんしゅ》はいった。

サイモン・ダウンは運転手《うんてんしゅ》をにらみつけ、またゲームの画面に目をやった。

ちょうど、首がなくなった勇士《ゆうし》のからだが地面にたおれるところだった。

まさに、最悪《さいあく》のタイミングでじゃまされたのだ。

すばやく空中にのぼっていくドラゴンは、カギづめのあいだに首をつかんでいた。

デジタル化された赤い点がポタポタと落ちている。

「おまえはクビだ！」サイモンはわめいた。

「おっしゃるとおりですね、サイモンぼっちゃま」運転手《うんてんしゅ》は答えた。

「夕食は七時でございます」

もちろん、ぼくにはだれもクビにする力なんてないさ。のろのろと家の中にはいりながら、サイモンは思った。十二歳《さい》じゃ、そんなことは無理《むり》だ。

でも、なかなかいい考えだな。

ゲームの中でできるように、外の世界もコントロールできるというのは。

サイモンは玄関《げんかん》で立ち止まり、ふりかえった。

この家は森を見おろす高台にあり、町全体がながめられた。下のほうにはみんなが住んでいるんだよな、とサイモンは思った。くちびるをかむ。

同級生たちが住んでいる。みんな生活があって、なかまがいるんだ。

そう考えると、さびしくなった。けれどもサイモンは、さびしさを押しやるのがうまくなっていた。

やつらは仲《なか》がいいにちがいないけれど、ぎゅうぎゅうづめのところで暮《く》らしてるんじゃないか。サイモンは自分にいい聞かせた。

いつも肩《かた》がすれちがうようなところで。いつもだれかにじゃまされて。

だけど、ここにいるぼくは自由だ。

みんなの上に住んで、みんなを見おろしている。

前に、同級生を何人か家に招待《しょうたい》しようとしたことがあった。そうしなさい、と母さんがいったのだ。たぶん、子どもの成長《せいちょう》に関《かん》する本でこんなことを読んだのだろう。

「友だちをつくるように、お子さんをはげましましょう」と。

でも、だれもこなかった。

大画面のテレビがあるし、ゲームやＤＶＤも山のようにあるんだ、とサイモンが話して聞かせても。

ちょっぴり話を大きくさえした——本当は、四面のかべにうす型《がた》テレビがあって、一度に何十ものちがう番組をうつしている部屋なんてないんだけれど。

でも、なにひとつとしてみんなの興味《きょうみ》をひかなかった。

いいさ、みんながぼくからはなれていっても。

サイモンはくるりとふりかえって家の中にもどった。

みんなをうらやましがる必要《ひつよう》はない。

だれももっていないほどすばらしいものが、ぼくにはあるんだから。

あらゆる意味で、現実《げんじつ》よりずっといいものが。


〈ハロー、サイモン。ようこそ『現実よりすばらしいゲームの世界《ベター・ザン・リアリティ・ゲームズ・ワールド》』へ。「あなたがサイモンでなければ、ここをクリックしてください」〉


サイモンがインターネットに接続《せつぞく》すると、画面にそんな言葉があらわれた。

パソコンの前に身を落ちつける。パソコンをたちあげると最初《さいしょ》にでるトップページに、『現実《げんじつ》よりすばらしいゲームの世界』のサイトを設定《せってい》していたし、この家では最《さい》速《そく》のインターネット接続《せつぞく》ができた。

だから、電源《でんげん》をいれるだけで、このサイトがあらわれるのだ。

部屋の中でかがやいているのは、ディスプレイの明かりだけだった。明るい赤や緑や黄色の光がサイモンの顔をよぎる。サイモンはほほ笑《え》んだ。

サイトはどんな友だちよりも信頼《しんらい》できた。

あたたかくて魅力的《みりょくてき》で、いつもぼくをまっていてくれる。

ふだんと変《か》わらない夜だった。宿題、ゲーム、食事。

そして、またゲーム。

執事《しつじ》のテンプルトンと、家政婦《かせいふ》のミセス・ソロモンがすべてをとりしきっていた。

父さんはまだ銀行にいるし、母さんは慈善《じぜん》事業の用事ででかけている。

そして九時半きっかりが就寝時刻《しゅうしんじこく》だった。

サイモンが夜ふかししても、使用人たちはなにもいわないが、たまたま両親が帰ってくるとうるさい。両親は就寝時刻《しゅうしんじこく》について、いつか聞いたことをおぼえているのだ。

子どもに就寝時刻《しゅうしんじこく》を守らせるのが、いい親だとかなんとか。

でも、サイモンが一日をおえるのは、いつも『現実《げんじつ》よりすばらしいゲームの世界』をのぞいてからだった。

こういうゲームは、現実《げんじつ》よりはるかにすばらしい——実をいえば、サイモンの生活よりずっとよかった。頭をつかい、ただ歩きまわるだけでないゲームがいい。

二度とおなじことがおきないゲームが。

いつものように、「オーダーメイド版《ばん》ゲーム」のサイトにつながるところに、マウスのカーソルがのった。

一度、そのサイトをおとずれたことがある。でも、値段《ねだん》を見るなり、サイモンの気は変《か》わった。せめて無料《むりょう》の見本か、おためし版《ばん》でもあれば――けれども、そんなものはなかった。

価格《かかく》の画面をすぎると、つぎはクレジットカードの番号をうちこまなければならない。サイモンにはカードがなかった。それに、父さんや母さんのカードをつかってはらえば、とんでもないことになるのは経験《けいけん》から知っていた。両親の注意は確実《かくじつ》にひくけれど、欠点《けってん》がある。

たとえば、一週間もパソコンをとりあげられる、とか。

サイモンがため息をついたとき、ドアをノックする音がした。ドアがわずかにひらいて、女性《じょせい》の頭がのぞいた。長い茶色の髪《かみ》。

あいだのはなれたうす茶色の目はサイモンそっくりだ。

サイモンはとびあがった。「母さん！」

「ハロー、サイモン。まだおきてたの？」ダウン夫人《ふじん》は部屋の中にはいらなかった。

「最近《さいきん》、あまり顔をあわせていなかったわね？　いまはベッドにはいってちょうだい。朝になったら、いっぱいおしゃべりしましょうね。おやすみなさい」

サイモンがなにも答えないうちに、ドアはしまっていた。

サイモンはパソコンのほうをむいて、ログオフした。

「朝になったら、いっぱいおしゃべり、だって」ひとりごとをつぶやく。もちろん、そうするさ！　ぼくがおきる前に、またなにか緊急《きんきゅう》の用事ができて、母さんがオフィスにでかけなければ。

母親の慈善《じぜん》の仕事は、世界じゅうのやっかいごとをひきうけていた。陸《りく》にうちあげられたイルカから、グアテマラの孤児《こじ》まで。サイモンに関係《かんけい》のないことならなんでも。

サイモンがディスプレイの電源《でんげん》をきると、部屋は暗闇《くらやみ》にしずんだ。

まぶたごしになにか光がさしこんでくる。無理《むり》やり目をあけたサイモンは、ねむそうに部屋のむこうを見つめた。ふたたびディスプレイの電源《でんげん》がはいり、おなじみの『現実《げんじつ》よりすばらしいゲームの世界』の明るい色彩《しきさい》が部屋中にみちていた。

サイモンはまゆをよせた。たしかに電源《でんげん》をきったはずなのに。

サイモンはまるくなると、羽毛《うもう》のふとんを頭からひきかぶった。どういうわけかまだ光がはいってきて、もう一度ねむりに落ちることができない。

サイモンは腹《はら》だたしげにふとんをはねのけた。ちゃんと電源《でんげん》をきらなくちゃ。

今度は念《ねん》のため、プラグもぬいておこう。

けれども、パソコンに近づくと、目にはいったのはいつもの「ようこそ」の画面ではなかった。

〈ハロー、サイモン。大事なお得意《とくい》さまのあなたへ「無料《むりょう》のオーダーメイド版《ばん》ゲーム」についてご案内《あんない》いたします。以下の必要項目《ひつようこうもく》に入力していただくだけで、あなたの

「無料《むりょう》のオーダーメイド版《ばん》ゲーム」を直接《ちょくせつ》おおくりします〉

「無料《むりょう》、だって?」サイモンはつぶやいた。

かなり前に学んだことのひとつは、成功《せいこう》している会社なら本当にタダでものをくれたりしない、ということだった。

でも、とりあえずやってみて、罠《わな》があるとわかったらやめればいい。

そこで、腰《こし》をおろしてマウスに手をのせた。

はじめは、つまらない情報《じょうほう》の記入ばかりだった。

年齢《ねんれい》、性別《せいべつ》、職業《しょくぎょう》——つまり、まっすぐ営業部にまわされるようなデータだ。

宣伝《せんでん》メールを永遠《えいえん》におくることができるように。

サイモンはこう入力した。

八十歳《さい》の未亡人。職業《しょくぎょう》は脳外科医《のうげかい》。年収《ねんしゅう》一〇〇万ポンド。

すると、もっと重要《じゅうよう》な記入事項《じこう》があらわれた。

〈あなたのゲーム:

ふつうのゲームにしたいですか、それとも、危険《きけん》なゲームにしたいですか？〉

かんべんしてくれよ。サイモンは思った。

考えようともせずに、「危険《きけん》なゲーム」のほうにチェックマークをいれた。

〈ゲームの舞台《ぶたい》は、あなたがお住まいの町がいいですか？　それとも、ごくありふれた町がいいですか？　または架空《かくう》の世界がいいですか？〉

マウスのカーソルは、「架空《かくう》の世界」のあたりをうろうろしていた。

自分の町を舞台《ぶたい》にする、だって？　そりゃいいだろうさ！

サイモンは鼻を鳴らした。

ぼくの住んでいる町ときたら……でも、よく考えると、この町はゲームにでもして、ちょっとばかり活気《かっき》づけてやるのにぴったりのところだ。

だから、「住んでいる町」という見だしをクリックした。

〈ゲームは本物そっくりのものにしたいですか？　それとも、実生活とおなじように本物にしたいですか？〉

サイモンはまゆをよせた。

どうちがうのだろう？

それから、ゲームセンターのつまらないゲームのことを思った。ああいうゲームは、架空《かくう》の競技場《きょうぎじょう》をいつまでも疾走《しっそう》するスケートボーダーだの、悪党《あくとう》にむかって銃《じゅう》を撃《う》つ、目に見えないガンマンだの、おわりのない迷路《めいろ》にいるエイリアンだのをコントロールする。

あれが「本物そっくりのもの」で、ゲームのどのキャラクターも、基本的《きほんてき》にはおなじものが何度もあらわれていることに気づけば、ゲームをやる人は間《ま》もなくコツをつかむようになる。でも、本当の生活は、どの日も前の日とはまったくちがう。

だからサイモンは「本当の生活」のところにカーソルを動かして、クリックした。


サイモンは目をさまして、はっと息をのんだ。日光がカーテンを通してさしこみ、外では鳥が鳴いている。

部屋のむこうからは、パソコンの真っ黒な画面が無表情《むひょうじょう》にサイモンを見つめていた。

サイモンはそれを見て顔をしかめた。

真っ黒な画面？　寝《ね》る前にパソコンの電源《でんげん》をきったけれど、また作動したんじゃなかったっけ。そして、ぼくは……？

サイモンは頭をふってはっきりさせた。

そうだよ、サイモン！　無料《むりょう》ゲームの案内《あんない》がきたんだ！　本当だったんだ。

ベッドわきの時計に目をやり、サイモンは悲鳴《ひめい》をあげてベッドをとびだした。

一時間近くも寝《ね》すごしてしまった！

リバー・パークにある学校まで、うちの車でおくってもらえるけど、それはスクールバス並《な》みに時間厳守《げんしゅ》だった。サイモンの用意ができていようといまいと、車は時間どおりに出発する。サイモンを学校まで乗せていくだけでなく、朝食をとりながらの会議《かいぎ》から、父親をつれてこなければならないからだ。車が出発するのに間《ま》にあわなければ、サイモンはピンチにおちいる。

でも、どれほどおくれていようと、いつもやらずにいられないことがあった。

パソコンの電源《でんげん》をいれて、メッセージをチェックする。

〈ハロー、サイモン。あなたの「オーダーメイド版《ばん》ゲーム」は郵送《ゆうそう》されました〉

サイモンはたじろいだ。

すると、昨夜《さくや》は本当に、無料《むりょう》のゲームをもらったんだ！

ベッドにもどったことをおぼえていないのは不思議《ふしぎ》だけど。でも、それをちゃんと考える時間はなかった。私道《しどう》に止まろうとする車の音が聞こえる。サイモンは部屋から走りでた。ちらかしっぱなしで、ベッドもととのえないまま。でかけているあいだに、すべて使用人たちがなおしてくれるだろう。


その日の夕方にサイモンが帰宅《きたく》すると、ふとんのカバーは洗たくされ、アイロンがかけられていた。その上に、茶色の紙の小包《こづつみ》がのっている。

通学カバンをおろして、小包《こづつみ》をとりあげた。手の中でひっくりかえしてみる。小さくて四角で、大きさも重さもＤＶＤのケースくらいだ。きちんとした手書きの大文字で、サイモンの名前と住所が書いてあった。差出人《さしだしにん》の住所はなく、切手も貼《は》られていない。

だれかが自分でとどけにきたのだろうか？　サイモンは首をかしげた。

おどり場まででていった。下のろうかを横ぎったテンプルトンに、サイモンは大声でよびかけた。

「これはいつとどいたの？」

執事《しつじ》はおどろいたように見あげた。

「なにが、いつとどいたというのですか、サイモンぼっちゃま？」

サイモンは小包《こづつみ》をかかげて見せた。「これだよ。ぼくにきたんだ」

テンプルトンはまゆをあげた。

「わたくしの気づいたかぎりでは、おぼっちゃま宛《あ》ての荷物はありませんでしたが」

サイモンにはじめて疑惑《ぎわく》がわいた。

テンプルトンにユーモアのかけらもないことは、ちかってもいい。まさかこの執事《しつじ》がぼくをからかってるはずはないよな？

「今日はだれか、ぼくの部屋にはいった？」サイモンはたずねた。

「家政婦《かせいふ》がベッドをなおしにはいりましたよ、サイモンぼっちゃま」テンプルトンは答えた。「しかし、それ以外《いがい》はだれもはいっていません」

サイモンは部屋にもどって、包《つつ》みをしげしげと見つめた。これがひとりでにあらわれたはずはないだろう？　だれかがおいていったにちがいない。

使用人に見つからないで、ここまであがってきた人がいたのだろうか？

それとも、家政婦《かせいふ》の仕業《しわざ》かな？　ちょっとしたいたずらのつもりとか？

おい、しっかりしろよ！　サイモンは自分にいい聞かせた。

神経質《しんけいしつ》になるなんて意味がない。この包《つつ》みがいまここにあるのはたしかなんだから。

サイモンは紙をはがし、プラスチックケースにはいった、読みとり専用《せんよう》のＤＶＤをとりあげた。ケースにもディスクにもラベルは貼《は》られていなかった――消えない黒のマーカーで、「サイモン」と書かれているだけだ。

家政婦《かせいふ》がＤＶＤをおいていってくれたのだろうか？

そんなはずはない、とすぐさまうち消した。家政婦《かせいふ》は、ビデオをセットするだけでもだれかにたずねる――ひまなときにＤＶＤをコピーすることなんてありえない。

サイモンはドキドキしながら、パソコンの電源《でんげん》をいれ、トレイにＤＶＤをすべりこませた。すると、音をたてて動きだし、画面が明るくなった。黒い画面を背景《はいけい》にして、白い文字のメッセージが点滅《てんめつ》している。

それは、うんと時代おくれのコンピュータにつかわれていた文字みたいに見えた。

〈サイモン、あなたのゲームへようこそ〉

ここまではちっともパッとしないな。

一九八〇年代のゲームセンター風のゲームでも、これよりはずっとましな画像《がぞう》だった。「ようこそ」のメッセージが上にスクロールして、もう少し長いメッセージがあらわれた。

〈あなたが、危険《きけん》な犯罪者《はんざいしゃ》のアクションをコントロールします。このゲームの目的《もくてき》は、町をできるだけ破壊《はかい》することです〉

それから、コントロール機器《きき》のつかい方の説明《せつめい》がつづいた。サイモンにはねむっていてもわかるものだった。最初《さいしょ》の画面とおなじように、ごく基本的《きほんてき》なゲームらしい。

サイモンは、あくびをしながらジョイスティックをとりあげ、パソコンの裏《うら》に接続《せつぞく》した。

すると、画面が明るくなり、サイモンは背《せ》すじをのばしてすわりなおした。画面を通して、現実《げんじつ》の世界が部屋の中にながれこんできたようだ。

「わあ!」サイモンは息をのんだ。

町の人が多い通りを見おろしている。まるでカメラがそこにあって、いまおこっているとおりの映像《えいぞう》をパソコンにおくっているみたいだ。ウェブカメラの画像《がぞう》のように動きがギクシャクしていないし、監視《かんし》カメラみたいに白黒でもない。画面にはオールカラーの、鮮明《せんめい》な映像《えいぞう》が広がっていた。

サイモンが見ている位置《いち》は、地面から五メートルほどうかんだところらしく、下には通りが走っている。

一日のおわりの、ラッシュアワーの時間だった。道路は渋滞《じゅうたい》し、歩道は混雑《こんざつ》している。サイモンの部屋に満《み》ちている音は、夕方の大通りの騒音《そうおん》だった。

これが実況《じっきょう》カメラでないことを教えてくれるゆいいつのものは、こちらに背《せ》をむけて道の真ん中に立っている男だ。ただそこに立って、自分の両側《りょうがわ》をのろのろすすむ車を無視《むし》している。

男が身につけているのは、くたびれてよごれたトレーナー、着古したジーンズとTシャツだった。顔は見えない。短く刈《か》った頭のうしろが見えるだけだ。広い肩《かた》と太い両腕《りょううで》から判断《はんだん》すると、サイモンが道をわたってでも会うのをさけたいと思うタイプの男だ。

サイモンがジョイスティックを押《お》すと、男は何歩か前進した。左にジョイスティックを押《お》すと、男は左にまがる。光景《こうけい》はすべて、男とともに変《か》わるため、こちらには背《せ》中《なか》しか見えないのだ。いま、男は店のほうをむいていた。

うそだろう。サイモンは思った。

たった何時間かで、町全体をデジタル化するなんて、できるはずない！

サイモンがゲームを注文したのは、つい数時間前なのだ。

いろんな町の見本が用意してあるのかな？

それともあらゆる町の情報《じょうほう》が、ゲーム業者のコンピュータにはいっているのだろうか？

でも、画面の左側《ひだりがわ》にうつっている教会の正面に工事用の足場がある。サイモンは学校へいくとき、毎日そこを車で通っていたから、足場が組まれたのはつい二日前だと知っていた。

ずいぶん早く最新《さいしん》のデータに変《か》えているらしい。もしかしたら、人工衛星《えいせい》がおくってくるなにかと、すべてつながっているのかも。

どんな仕組みにせよ、このシミュレーション・ゲームを徹底的《てっていてき》にしらべてやろう、とサイモンは決めた。かなりの手間をかけて、これほど本物そっくりの町につくってくれたのだから、こわそうとしなくちゃ悪いだろう。

サイモンは歩道にそって男を大またでゆったりと走らせた。たちまち人々がわきによって男をさける。サイモンが知っている顔もあるように思えた。学校の司書《ししょ》、父親のところで働《はたら》いているだれかが、男が走るにつれて、画面から消えてしまった。

サイモンはジョイスティックをつかって、男を左にまがらせて大通りからはなれ、公園や川岸を走らせ、まわり道をしてまた町の中心にむかった。

男はどんな命令《めいれい》にもすぐさまこたえた。そして、光景《こうけい》には少しのきれめもなかった。まるでなにもかもが本当に町の中でおこっているかのようだ。

男が交差点《こうさてん》にくると、サイモンはジョイスティックから手をはなした。男を町じゅう、でたらめにまわらせてきた。たぶん、ちょっとした作戦《さくせん》をはじめるべきかもしれない。

でも、なにを？

画面では、男が従順《じゅうじゅん》に立ち止まってつぎのコマンドをまっている。

ふいに、四角でかこまれたメッセージがあらわれた。前とおなじ古くさい字体で、灰色《はいいろ》の背景《はいけい》に黒字で書かれている。

〈わすれないでください。あなたは「危険《きけん》な犯罪者《はんざいしゃ》」をコントロールしているのです。なにか「危険《きけん》な」ことをしてみましょう〉

「そりゃ、わるかったね」サイモンはいった。「なんかヒントをくれよ……」

それに答えるかのように、べつのメッセージがあらわれた。「ワオ！」

〈どこかに「押《お》しいる」のはどうですか？　つぎの場所からえらべます：

・病院

・ガス工場

・パン屋〉

「パン屋だって？」サイモンは軽べつするようにいった。

「フン、いかにも危険《きけん》な犯罪者《はんざいしゃ》が押《お》しいりそうなところだよ」

そうはいったものの、結局《けっきょく》、パン屋をえらんだ。もっともありそうにない選択肢《せんたくし》で、ゲームをためしたかったからだ。それに、病院（いつか、ぼくも病気になるかもしれない）や、ガス会社（寒くなるのはいやだ）にはなんの不満《ふまん》もない。でも、サイモンの学校から通りを二本へだてた、ブルトン通りにあるパン屋の主人はべつだった。

店の主人はいつ見ても不機嫌《ふきげん》で、町じゅうの若者《わかもの》に個人的《こじんてき》なうらみでもあるようなかんじだった。こいつはおもしろくなるぞ、とサイモンは思った。

サイモンが目的地《もくてきち》をえらんだとたん、男は町の中を走りはじめた。

「おい、なにしてるんだ！」サイモンは文句《もんく》をいった。

「パン屋」とえらべば、場面がきりかわって、男が目的地《もくてきち》にいることになると思っていた。だが、このゲームの欠点《けってん》は、なにもかも現実《げんじつ》の時間どおりにおきることらしい。つまり、わずかな距離《きょり》を移動《いどう》するのでも、うんと時間がかかるということだ。

サイモンはジョイスティックを強く押《お》したが、男は相変《あいか》わらずおなじ速さで走りつづけている。サイモンは男のあらゆる動きをコントロールすることにもうなれてきたから、ただすわってながめているのは妙《みょう》なかんじだった。

男はショッピングセンターにはいって、その中を走りつづけ、パン屋のウィンドウの外で止まった。そのまま動こうとしない。両手をわきにたらし、菓子《かし》パンやケーキがおかれた棚《たな》を窓《まど》ガラスごしに見つめている。

背《せ》はまだこちらにむけていたし、ガラスにうつった姿《すがた》はとても暗くて、男がどんな顔かはわからなかった。

「おーい」サイモンはよびかけた。「おーい？　どこかへいかないのかい？」

それでも男はただ立っているだけだったが、サイモンがためしにジョイスティックをちょっと動かすと、二歩すすんだ。

「よし！」サイモンは満足《まんぞく》していった。また男をコントロールできるようになったのだ。店の中へと歩かせて、まわりを見させる。食パンやケーキ、菓子《かし》パンやクッキーがたくさんのった棚《たな》。ガラスばりのカウンターにはレジがおいてある。

本物の世界で見るのとまったくおなじだ。

「すごいや」サイモンはつぶやいた。ゲームをつくった人は、人工衛星《えいせい》の映像《えいぞう》から、町をデザインしたのかもしれない。でも、人工衛星《えいせい》だって、店の中まで見ることはできないんじゃないかな?

パン屋の主人はカウンターのうしろにいた。黒い髪《かみ》をした太った中年の男で、上機《じょうき》嫌《げん》な表情《ひょうじょう》などしそうにない顔だ。店内とおなじように、パン屋の主人も本物そっくりに見えた。

「なにをさしあげますか?」パン屋はたずねた。

サイモンのスピーカーから聞こえる声は、主人がこの部屋にいるかのようにひびいた。しかも、いつものパン屋の口調そっくりだ。どうせなにも買わないんだろう、といわんばかりの口ぶり。

「ああ、おれはここをめちゃめちゃにしてやるんだ」サイモンは画面にむかってウキウキといった。

「まずは、金を全部よこせ。おれは危険《きけん》な犯罪者《はんざいしゃ》なんだぞ」サイモンはジョイスティックのボタンをしらべた。この男をしゃべらせるものはあるのかな？　どうやらないらしい。男は話せないのだろう。そこでサイモンは、男にカウンターのはしをまわらせてレジに近づけさせるだけにした。

「おい！」パン屋は前にすすんで、男の胸《むね》をついた。「すっこんでろ！」

ここまでサイモンがやったのは、男を走らせることだけだ。どうやったら戦《たたか》えるのだろう？　とっさに、ジョイスティックの赤いボタンを押《お》した――これが戦争《せんそう》ゲームなら、なにかを撃《う》ちたい場合に押《お》すボタンだ。

画面の中の男は、手をパン屋の胸《むね》に当ててグイッと押《お》した。パン屋はうしろへよろめき、ガラスのはまった戸棚《とだな》にはげしくぶつかった。パソコンのスピーカーは、ガラスがこなごなに割《わ》れる、ゾッとするような音を完《かん》ぺきにつくりだしていた。パン屋の主人は床《ゆか》にちったガラス片《へん》のあいだにうずくまり、おびえた表情《ひょうじょう》で襲撃者《しゅうげきしゃ》を見あげている。

男は立ったまま相手を見つめていた。それ以上《いじょう》のコマンドの指定を、サイモンがわすれてしまったからだ。サイモンは信《しん》じられない気持ちで、画面をあぜんとながめていた。

「ワオ！」小声でいう。格闘《かくとう》ゲームならなれていた。超人的《ちょうじんてき》なヒーローが、相手をまるで枕《まくら》みたいになげとばすといったものだ。でも、このゲームには本物らしいなにかがある。男が身がまえるやり方や、相手をつくときの力。そうしたものは本物みたいだった。生身の人間が、相手を攻撃《こうげき》するときのように。

サイモンは身ぶるいして、我《われ》にかえった。

おい、しっかりしろよ。

自分にむかっていう。どれほどすごい映像《えいぞう》でも、メモリーカードにはいったデータにすぎない。ただそれだけだ。おまけに、ここでの仕事をまだおえていなかった。

サイモンは男をレジにむかわせた。カシーン。レジがひらく。男は金を全部とって、ポケットにいれた。サイモンが男を立ちさらせようとしたとたん、画面に言葉があらわれた。

〈もっとダメージをあたえたいですか？　おわすれなく――これは「危険《きけん》な犯罪者《はんざいしゃ》」なのです〉

もっとダメージをあたえるか、だって？　当然《とうぜん》だろう！

サイモンは思った。なんといっても、こいつは単《たん》なるゲームなんだ。

男は棚《たな》の横に立っていた。サイモンが赤いボタンをまた押《お》すと、男は棚《たな》をつかみとってなげた。パンやお菓子《かし》が床《ゆか》になだれ落ち、小麦粉《こむぎこ》が舞《ま》う。もっとためしてみて、赤いボタンを押《お》せば、男を破壊《はかい》モードにセットできることがわかった。人の近くに立っているなら、男は相手をなぐる。なにかこわれやすいもののとなりに立っているなら、そいつをこわすのだ。

サイモンは店じゅうをまわってさらに棚《たな》をこわし、ガラスのカウンターをけとばして、照明《しょうめい》をこわした。そのとき、カウンターのうしろのドアに気づいた。

サイモンはジョイスティックをつかって、男をドアの前にかがみこませ、こじあけさせた。ドアは蛍光灯《けいこうとう》で照《て》らされた、タイルばりの部屋へ通じていた。

かべのひとつには、大きなステンレス製《せい》のパン焼《や》き用オーブンがあった。オーブンの扉《とびら》は金属《きんぞく》とガラスでできていて、てっぺんにはダイヤルやスイッチがいくつもならんでいる。画面の右上のすみに、小さなメッセージがあらわれた。

〈アイテムの上にカーソルを動かせば、値段《ねだん》がわかります〉

サイモンはオーブンの上にカーソルをすべらせた。

〈パン焼《や》き用オーブン。購入《こうにゅう》して半年。価格《かかく》：五〇〇〇ポンド〉

わあ、父さんのテレビとおなじくらいの値段《ねだん》じゃないか！

〈サイモン、ここで「本物の」ダメージをあたえられます！〉

サイモンはふたたび赤いボタンを押《お》したが、今度の場合、男はだまって立っているだけだった。

〈最大《さいだい》のダメージをあたえるには、いすを使いなさい〉

いす？　サイモンは男に部屋の中を見まわさせた。片《かた》すみにスチール製《せい》のいすがあったので、そちらへ歩かせる。

さらにためしてみると、緑のボタンを押《お》せば、男がそれをもちあげることがわかった。それから、赤いボタンをまた押《お》す。男はいすを両手でもちあげ、オーブンにはげしくふりおろした。

スピーカーから、耳をつんざきそうな金属音《きんぞくおん》が聞こえてきた。画面には、ダイヤルがこなごなになって、スイッチがいくつかとれたオーブンがうつっている。サイモンは何度も何度もオーブンをうった。とうとういすは単《たん》なるまがったパイプとなり、オーブンはまるで列車事故《じこ》にあったみたいにぺちゃんこになった。

自分が破壊《はかい》をやってのけたかのように、サイモンはふるえ、あらく息をしながら、男をとなりの部屋にいかせた。どうやらパン屋の事務所《じむしょ》らしい。

男は机《つくえ》をひっくりかえし、戸棚《とだな》を何度もけった。満足《まんぞく》してはなれると、戸棚《とだな》のあらゆるひきだしには靴底《くつぞこ》の形のくぼみがついていた。男は机《つくえ》にのっていたコンピュータをもちあげ、タイルの床《ゆか》にたたきつけたあと、また机《つくえ》をひっくりかえした。最後《さいご》に、窓《まど》からいすをほうりなげる。

パトカーのサイレンの音がかすかに聞こえた。コンピュータの中から聞こえるのだと、サイモンは気づいた。

〈警察《けいさつ》がやってきます。にげるほうがいいでしょう。あなたの結果《けっか》：

・獲得金額《かくとくきんがく》：七八八ポンド

・あたえたダメージ：七〇九三ポンド分

あなたのスコア：七八八一点。

どちらをえらびますか？

・お金をつかう

・お金をかくす〉

サイモンは考えた。七八八ポンドでなにが買えるだろう？それほどたいした金ではない。すでにこの部屋《へや》にあるものにくらべれば。いや、ためておいて、うんとすごいものを買おう。このゲームにバーチャルショップみたいなものがあるなら、男に防護服《ぼうごふく》か武器《ぶき》でも買ってやれるかもしれない。サイモンはまとうと決めた。そこで「お金をかくす」をえらんだ。

たちまち男は店の裏口《うらぐち》からでて、また走りはじめた。どこに金をかくすつもりか、ちゃんと知っているようだ。前とおなじように、いき先が決まると男をコントロールできなくなった。もっとも、いき先がどこなのか、サイモンにはわからなかったが。

もし、ろくでもない場所に男が賞金《しょうきん》をかくすつもりだったら？

男のほうがぼくよりもこの町にくわしいはずはない。

サイモンは腹《はら》だたしい思いでさけび、ジョイスティックをなぐった。けれども男は走りつづけ、サイモンにできるのは、いらいらしながら見守ることだけだった。

画面の中の男は、町の中心からはなれて大通りをすすんでいる。どこへいくのだろうか、とサイモンは思った。秘密《ひみつ》の基地《きち》か、かくれ家でもあるのかな？

男は走りつづけた。サイモンは親指をくるくるとまわし、『現実《げんじつ》よりすばらしいゲームの世界』にいってやりたいことを心の中で考えていた。

画像《がぞう》はなかなかだし、アクションも本物そっくりだけど、現実《げんじつ》の時間とおなじっていうのは、サイテーだよ！

男は町はずれの工業団地《だんち》についたが、止まる気配すら見せない。このゲームのデザイナーは、町を完全《かんぜん》にはなれたところに金をかくそうと決めたようだ。画面の中では、男は前にある道をまがりながらのぼりはじめている。

サイモンはその道すじを、知りすぎるほど知っていた。毎日、学校へのいき帰りに通る道なのだ。もし、男を立ち止まらせてふりむかせることができれば、町全体が下に広がっている光景《こうけい》が見えるだろう。

だが、男は走りつづけている。町からどんどんはなれて。

ゲームの町の地図は、丘《おか》のてっぺんまでのびているんだろうか？

丘《おか》の頂上《ちょうじょう》にはデジタル化された屋敷《やしき》があって、その二階の部屋では小さなサイモンが、さらに小さなパソコンの前にすわっているとか？

それはさておき、町と丘《おか》の頂上《ちょうじょう》とのあいだには、野原につづいて森があった。かつては丘《おか》全体を木々がおおっていたのだ。いまは頂上《ちょうじょう》近くに木がならんでいるだけだが、サイモンの屋敷《やしき》を町のほうから見えなくする役目をはたしていた。男は森にはいっていき、ここではじめて道からそれた。

サイモンはこのゲームの画像《がぞう》のすばらしさに、またおどろいていた。しずんでいく太陽の光が枝《えだ》のあいだからさしこみ、金色のおうぎのように広がっている。

一〇〇メートルほど森の中をすすむと、男は樹皮《じゅひ》にイニシャルがほってある樫《かし》の木の前で止まった。つかの間《ま》サイモンは、ＪＶとＺＤってだれだったんだろうと思った。

男はひざをついて、二本の根っこのあいだからコケをとりさり、金を押《お》しこんだ。それからまたコケをかぶせると、目じるしに松《まつ》ぼっくりを一個《こ》、上においた。

サイモンは時計をちらっと見て、とびあがった。もう八時半だ――このゲームを四時間もやっていたことになる！　でも、そのほとんどは、男が実際《じっさい》とおなじ時間、町の中を走りまわるのをながめていたんだけど。サイモンはおなかがすいていた。

夕食ができたと使用人が知らせにきたはずだが、聞こえなかったのだ。

それに、目がかわいて、いたい。

ゲームに視線《しせん》をやり、サイモンはくちびるをかんだ。いまはここからはなれたくなかった。やっとコツがわかってきたばかりなのだ。問題は、また町へいかせるなら、男が丘《おか》を走りおりるまで一時間は、ぼけっとまっていなければならないことだった。

いまの時間とおなじように、画面もうす暗くなってきていた。サイモンはジョイスティックをあちこち押《お》して、夜でも見える暗視装置《あんしそうち》のようなものがないか探《さが》した。どうやらなさそうだった。

すると、ゲームがサイモンの心を決めさせてくれた。男は道に歩いてもどり、町のほうへと丘《おか》をくだりはじめた。画面にメッセージがあらわれる。

〈今日はこれでおしまいです、サイモン。お楽しみいただけたならいいのですが。では、また明日〉

画面は真っ白になり、ブーンという音がして、DVDのトレイがひとりでにとびだした。

「うわ！」サイモンは息をのんだ。

ゆっくりとトレイからDVDをとりだし、ケースの中にもどす。それからパソコンの電源《でんげん》をきった。いくらか問題はあるけれど、こんなにかっこいいゲームは見たことがない。ほんと、はじめてだ。

だれかにいきおいよくぶつかられ、サイモンは息がつまった。かべのほうへよろよろと歩く。

「おい、しっかり前見て歩けよ、ダウン！」

現実《げんじつ》がどっと押《お》しよせてきた。

その朝じゅう、サイモンはゲームのことばかり考えて、うわの空だった。はっとおどろいて、ようやくまわりに意識《いしき》をむける。サイモンは学校にいた。授業《じゅぎょう》と授業《じゅぎょう》の間に、中央のろうかを歩いているところだった。短い休み時間にやかましくおしゃべりする制服姿《せいふくすがた》の生徒《せいと》たちで、ごったがえしている。だが、ばらばらの方向へ歩く生徒《せいと》で混雑《こんざつ》していても、たいていの者はたがいにぶつからないようにしていた。

マット・フロストはべつだったが——背《せ》が高くて金髪《きんぱつ》で、顔だちのととのった少年。サイモンが嫌《きら》いな相手だ。いつもならマットを警戒《けいかい》しているのだが、今日のサイモンはゲームのこと、今夜はゲームでどんなことをしようかという考えで頭がいっぱいだった。

ふたりの少年はおたがいにあとずさった。サイモンはゆっくりと慎重《しんちょう》に、マットはだらしない足どりで。マットはにやりと笑《わら》って視線《しせん》をあわせたが、サイモンは目をそらした。

サイモンはロッカーへいき、カギをさぐった。はじめからこうするつもりだったんだ、というふりをして。経験《けいけん》からわかっていた。もし、マット・フロストにいちゃもんをつけられたら、その日はたえがたいものになることを。

けれどもマットは、ろうかのむこうから聞こえた大声に注意をそらされた。

「なあ、フロスト！　休み時間に店へいこうぜ」マットの親友、トム・マンブリッジだった。

「なにいってんだよ！」マットはいった。「聞いてないのか？　あちこちに警察《けいさつ》がうようよいるんだぞ」

「なんだって？」

サイモンはまだロッカーのカギを探《さが》していたが、聞き耳をたてずにいられなかった。全生徒《ぜんせいと》の半分もおなじ状態《じょうたい》のようだ。サイモンは動きを止めて、耳をかたむけた。

「昨日《きのう》、パン屋にすごい押《お》しいりがあったんだ！　男が、店をめちゃくちゃにたたきこわしたらしいぜ」マットはいった。

「うそだろう！」トムが答えた。

「本当さ。犯人《はんにん》はレジを根こそぎさらって、店の物をたたきつぶした。店のおやじは傷《きず》をぬわなくちゃならなかったとか……」

ちょっとした人だかりができて、襲撃事件《しゅうげきじけん》のことを話していた。自分でもおどろいたことに、サイモンはそちらに近よっていった。人だかりのはしっこに立つ。だれも気にとめないようだ。サイモンはもう少し近づいた。

ふたりの生徒《せいと》がマットに注意をむけたまま、わきへよってサイモンのために場所をあけた。

下級生のひとり――ずんぐりして、顔にちょっとそばかすのある、いかにもマットがいいカモにしそうな少年が、ふいに声をあげた。

「犯人《はんにん》がつかまるといいな！」少年は口走った。「わるいことだもん」

マットはただ下級生を見つめているだけだった。皮肉《ひにく》なこともいわないし、いじわるな侮辱《ぶじょく》の言葉も口にしない。「ああ。わるいことだよな」

それが決め手となった。

あの下級生がなかまにいれてもらえるなら、ぼくだっていれてもらえるだろう。サイモンはそう思った。パン屋のことはなにもかも、とんでもないぐうぜんだ。でも、ぼくが昨夜《さくや》、どんなゲームをしていたか知ったら、みんなだってうんと興味《きょうみ》をしめすんじゃないかな！

サイモンは少し大きすぎる声で笑《わら》い、冗談《じょうだん》をいおうとした。

「うん、もうパン屋もぼくのおつりをごまかそうとしないだろう！」

まるで泡《あわ》がはじけたみたいだった。あつまっていた生徒《せいと》たちの雰囲気《ふんいき》はこわれ、敵《てき》意《い》ある視線《しせん》がいくつかサイモンにむけられた。サイモンの顔は赤くなりはじめた。

マットは軽べつをこめてサイモンをにらみつけた。「またおまえのつくり話かい、ダウン？」ほかの少年たちはほとんどはなれていった。マットはサイモンから視線《しせん》をそらし、トムのほうをむいた。

「放課後《ほうかご》、湖にいこうぜ？　ほかのやつらにも声をかけよう」

「そうだな、フロスティ。おもしろそうだ」

サイモンは最後《さいご》のひとあがきをした。「ああ。じゃ、湖で会おう」

マットはサイモンにむきなおった。「わるいけどな、ダウン。湖は、〝オタクおことわり〟なんだよ」

マットとトムは、笑《わら》いながらろうかのむこうへ歩いていってしまった。サイモンはにぎりこぶしを両わきにたらして、ぽつんと立ちつくしていた。


その日ののこりを、サイモンはどうにかやりすごした。マット・フロストのことがかたときも心からはなれない。

もう少しでみんなのなかまにはいれたのに。マットの人気に負けないほどのものが、ぼくのうちにはあるんだぞ。もし、それをみんなに知らせる方法《ほうほう》があれば、ぼくは人気者になるのに。みんなぼくとつきあいたがるだろう。

背《せ》が高いマット。かっこよくて、人気者のマット。父親が車のディーラーでなければ、マットなんてたいしたことないんだ。マットの父のフロスト・シニアは、金もち相手の販売代理店《はんばいだいりてん》を経営《けいえい》していた。銀行の支店長《してんちょう》の年収《ねんしゅう》よりも高い、高額《こうがく》なスポーツカーをあつかっている。マットはいつも、父親が試乗《しじょう》する流行モデルの車の話をしていた。たいていの場合、マットは助手席《じょしゅせき》に乗せてもらうのだ。

流行の車なんて、小学生にはなんの役にもたたないじゃないか。サイモンはにがにがしく思った。ぼくたちは運転《うんてん》できないんだぞ！

でも、ゲームをしたり、映画《えいが》を見たりすることならだれにでもできる——ぼくとつきあえば、だれでもそんなことをやれるんだ。

金曜の午後に終業のベルが鳴ると、学校は刑務所《けいむしょ》の扉《とびら》がひらいたような状態《じょうたい》になる。うろつきまわる子どもたちで運動場はいっぱいだった。むかえの車やバスをまっている者。体育館の裏《うら》の駐輪場《ちゅうりんじょう》から、自転車に乗ってくる者。

いつものように、門をでてすぐのところで、むかえの車がサイモンをまっていた。

車のドアをしめると、外の騒音《そうおん》はほとんど聞こえなくなった。サイモンは携帯型《けいたいがた》ゲームをひっぱりだして、電源《でんげん》をいれた。車は走りはじめた。

「学校は楽しかったですか、サイモンぼっちゃま?」

ふりかえらずに運転手《うんてんしゅ》がたずねた。

「まあね」サイモンは不機嫌《ふきげん》な声でいった。携帯《けいたい》ゲームの小さな画面を見つめ、鼻にしわをよせる。ひまつぶしにはなるが、家で自分をまっているゲームにくらべれば、子どものオモチャだ。

車は町から走りでた。

「そろそろ試験《しけん》の準備《じゅんび》にとりかかるんでしょうね、サイモンぼっちゃま」運転手《うんてんしゅ》は陽気な声でいった。「宿題はたくさんでましたか?」

サイモンは座席《ざせき》のクッションにいっそうしずみこみ、運転手《うんてんしゅ》を無視《むし》した。こんなゲームでも、なにもないよりはましだ。気はすすまないけれど、ゲームをはじめる。

町をでてから、丘《おか》の頂上《ちょうじょう》の家までは車で一五分だった。町がどんどん下に遠ざかり、道は斜面《しゃめん》をのぼっていく。木々のあいだをぬけて……。

そうだ、木だ！

「ねえ！」急にサイモンはすわりなおした。やっていたゲームのことは頭から消えた。

「止まって！　ここで止めてよ！」

運転手《うんてんしゅ》はなんとなくまわりを見た。「サイモンぼっちゃま、あなたをまっすぐ家におつれするよう、父上からわたしが命じられていることはご存知《ぞんじ》でしょう……」

「いいから、止まるんだ！」サイモンは大声をあげた。「さもなければ……どっちにしたって、ぼくはここへもどってくるぞ！」車は頂上《ちょうじょう》近くの、並木道《なみきみち》を走っていた。自転車でここへきてもそう遠くない。

「わかりました。おっしゃるとおりにしましょう」運転手《うんてんしゅ》はおだやかにいった。車は速度を落として止まった。

車が止まったとたん、サイモンはころがるようにおりたが、しばらくはただ立ったまま木々を見つめていた。この先へすすみたいのかどうか、自分でもわからない。ぼくはパン屋から金をぬすんで、主人をなぐりたおした——ゲームの中で。そうしたらおなじころに、気味わるいほどそっくりな事件《じけん》が現実《げんじつ》の世界でおきた。きっとぐうぜんに決まっている。

でも、ぐうぜんじゃなかったとしたら？

「いっしょにいきましょうか、サイモンぼっちゃま？」運転手《うんてんしゅ》がよびかけたが、サイモンにはほとんど聞こえなかった。サイモンは歩きはじめた。

ぼくのゲームと、現実《げんじつ》とでおなじことがおきたのはぐうぜんにちがいない。でも、実際《じっさい》のどろぼうは、ぼくのゲームのキャラクターがかくしたのとおなじ場所に、ぬすんだ金をかくすはずないだろう？

そんなことになったら、ただのぐうぜんではすまない。だからサイモンは、ゲームにでていた男が金をうめた、木の下を見たかったのだ。

その木がないとわかれば、ただのゲームだったということになる。

でも、ありえない話だけれど、それが本当のことならいいとねがう気持ちがサイモンの心のどこかにあった。もしそうだったら、すごいじゃないか？　現実《げんじつ》の世界をあやつれるゲームをもっているなんて！

森はしずかで、木の葉が風にさらさらとゆれる音しかしない。気がつくと、サイモンはあらく息をついていた。重くるしい気持ちだ。マット・フロストにねらいをつけられたときとおなじかんじだった。こわかった。

あの場所にお金がないことがこわいのか？　それとも、お金があることがこわいのか？　サイモンにはわからなかった。

歩くたびに地面で葉がかさこそ音をたてる。あの木がないかと、注意ぶかく見ながらすすんだ。樹皮《じゅひ》にイニシャルがほってある木。あった。あの木があった。ＪＶとＺＤときざんである木が。

サイモンは歩く速度を落とした。ふいにこれ以上《いじょう》すすみたくなくなったが、やっとのことですすんだ。木の根もとにひざまずく。幹《みき》の根もとにあるものを見たとたん、サイモンは大声でさけびそうになった。

根っこのあいだのコケの上に、松ぼっくりが一個《こ》おいてある。

まるでずっとはなれたところから、自分を見おろしているようなかんじがした。コケをわきにどけると、しめった札《さつ》たばが指先にふれる。

金はむきだしで、木の下の草の中に一晩《ひとばん》おかれていたためによごれていた。いくらあるのか、サイモンにはもうわかっていたが、とにかく数えた。二〇ポンド札《さつ》と一〇ポンド札《さつ》、五ポンド札《さつ》、それにひとにぎりの硬貨《こうか》があった。

七八八ポンド。

サイモンは地面にどさりとすわりこんだ。両足のあいだに金をおいたまま。

「ああ、うそだろう」サイモンはいった。「こんなのうそだ」

頭の中でいろんな考えがうず巻《ま》いていた。

あのゲームは本物で、ぼくはどろぼうだけど、これってすごくかっこいいし、危険《きけん》な犯罪者《はんざいしゃ》をコントロールできるんだ。うまくやれれば、ぼくはうんと人気者になるし、だれも傷《きず》つける必要《ひつよう》はない。でも、もう人にけがさせちゃった。だけど、あれはなにも知らなかったときだ。マット・フロストはさぞムカつくだろうな。なにもかもうまくやらなくちゃ、それに……。

〝……それに、つまり、ぼくはなんでもできるんだ〟

サイモンは金をかきあつめて、立ちあがった。車へもどる。はじめはゆっくりと。だが、考えや計画が具体的《ぐたいてき》になるにつれて、足どりも速くなった。車についたころには、新しい計画がすっかりできていた。

「町へもどってくれ」サイモンは運転手《うんてんしゅ》にいった。


七八八ポンドで買えるうちで最大《さいだい》だったうす型《がた》のディスプレイは、三二インチ、シルバーと黒で仕あげてあった。それはサイモンの机《つくえ》のほとんどを占領し、キーボードとマウスとジョイスティックをおく場所しかのこっていない。最後《さいご》のケーブルをつなぐと、サイモンはあとずさりしてほれぼれとながめた。

うん、なかなかいいぞ。

ある意味では、こうするのがふさわしかった。ゲームにお礼をいうようなものだ。そもそも、お金を手にいれるのをたすけてくれたのはゲームなのだから。

ひらいた窓《まど》から、ひんやりしたそよ風がふきこんでくる。かすかに音楽が聞こえ、サイモンはカーテンのそばへよった。どうやら木々のむこうから聞こえてくるらしい。湖から。

マットやトム、そのなかまたちが集まっているところだ。サイモンはいつものように、ここにひとりきりでいるのに。

急に、新しいディスプレイがそれほどすばらしく思えなくなった。でも、サイモンはそんな気持ちを押《お》しやった。森の中で思いついた計画をやりとおさなくちゃ。マットたちは湖のところでパーティをしているようだ――そんなパーティ、ぶちこわしてやれ。

「サイモン?」うしろから声がした。

サイモンはとびあがった。「母さん!」

ダウン夫人《ふじん》が部屋にはいってきた。母にほほ笑《え》みかけられ、サイモンもほほ笑《え》みかえした。興奮《こうふん》しているように見えなければいいな、と思う。

新しいディスプレイに母親が気づかなかったのは意外でもない。でも、サイモンは気にしなかった。ここ何日かではじめて、母さんはドアのすきまから顔をだす以外《いがい》のことをしてくれたのだ。

「ハロー、いい子ちゃん。ちょっとてつだってもらえるかしら?」

「うん、いいよ!」サイモンはいった。まだ六時半だ。マットやそのなかまは湖に何時間もいるだろう。いま、母さんをてつだっておけば、あとでぼくの様子を見にこないだろうから、それだけの価値《かち》はある。

心に決めたことをやるため、サイモンは完全《かんぜん》にひとりきりになりたかった。

サイモンの横で、封筒《ふうとう》の山がゆっくりと高くなっていく。紙で何度指をきったか、もうわからなかった。テーブルのむかい側《がわ》にいる母親を不機嫌《ふきげん》に見つめ、サイモンはさしだされたチラシをまたうけとった。一度折《お》り、もう一度折《お》って、封筒《ふうとう》にいれる。

また一枚《まい》。一度折《お》り、もう一度折《お》って……。

このために、母さんはぼくとすごしたかったんだ。

話がしたかったからではない。

息子だからではない。

ただ、手をかりたかっただけだ。

母親は目をあげてにっこりした。「おてつだい、ありがとう。慈善《じぜん》の仕事をたすけてくれてうれしいわ。こんなふうに郵送《ゆうそう》するのは大変《たいへん》なのよ」

「どうでもいいよ」サイモンは小声でいった。一度折《お》り、もう一度折《お》って……。

「それにしても、これはなんのためなの?」

「『水鳥基金《ききん》』のことをおぼえているかしら?」母親はきいた。

「あれをもう一度紹介《しょうかい》するつもりで――」

「ふうん、そう」サイモンは母の言葉をさえぎって、うなるようにいった。本当に知りたくてたずねたわけではない。それに、その基金《ききん》のことならおぼえていた。

この町はかつて、あるめずらしい種類《しゅるい》の水鳥が湖にいることをほこりにしていたという。けれども、サイモンの両親が子どもだったころまでに、水鳥は絶滅《ぜつめつ》しかけていた。二年前、捕獲《ほかく》して育てられた、その水鳥のヒナが何羽《なんわ》か、マリーナの近くの保護《ほご》地区にはなされた。それがいまでは、野生の状態《じょうたい》で小さな群《む》れをつくって、暮《く》らしている。

サイモンの学校は、水鳥をすくうために基金《ききん》をつくった。サイモンの母親がそのプロジェクトをまかされたせいで、マット・フロストは前よりもサイモンを攻撃《こうげき》するようになったのだ。

「あと少しね」母親はいった。印刷《いんさつ》したラベルのたばをもちあげて見せる。

「今度は、それぞれにこれを貼《は》らなくちゃ――」

サイモンはさっと立ちあがった。「ごめん、母さん。宿題があるんだ!」母親が止める間《ま》もなく、サイモンは階段《かいだん》を一度に二段《だん》ずつかけあがった。

サイモンの部屋は冷《ひ》えていた。窓《まど》をしめる時間もなかったのだ。もう一度湖のほうを見ると、ベースの低音がかすかに聞こえた。それからサイモンは窓《まど》をひきおろして、パソコンのほうをふりかえった。

「これは……？」

画面がやわらかくかがやいている。母と下の階《かい》へいく前に、パソコンの電源《でんげん》をいれたおぼえはなかった。新しいディスプレイの画面はまだ暗かったが、血のように赤い文字が、まぎれもなくくっきりとあらわれている。

〈プレーの準備《じゅんび》はできていますか？〉

サイモンは画面の前にゆっくりと腰《こし》をおろした。

もちろんさ。準備《じゅんび》ならとっくにできている。

それどころか、ゲームのことを考えると、やりたくてたまらなかった。

サイモンは入力した。「イエス」

公園の真ん中に立っている男が、画面にはっきりとあらわれた。

〈つぎのところにいけます。
・映画館《えいがかん》
・　　　〉
サイモンは選択肢《せんたくし》がでるのをまたなかった。いきたいところならわかっている。

「湖」と入力して、リターンキーを押《お》した。

〈OK〉

画面の中の男は走りはじめ、サイモンはジョイスティックをとりあげた。

このゲームの大きな欠点《けってん》を思いだし、サイモンはののしった。なにもかも実際《じっさい》の時間どおりにすすむのだ。公園から、町のはずれにある湖までたどりつくには、かなりの時間がかかる。

サイモンはジョイスティックを動かし、パソコンに考えを変《か》えさせようとしたが、現実《げんじつ》の時間どおりに設定《せってい》されているらしい。サイモンはうめき声をあげて、いすにしずみこんだ。男が走るのをだまってながめるほかなかった。

陽《ひ》の光がうすれはじめている——窓《まど》ごしに見える戸外《こがい》でも、パソコンの画面の中でも。街灯《がいとう》がともりはじめたが、男が湖岸についたときは、ほとんど真っ暗だった。男はだれもいない駐車場《ちゅうしゃじょう》を横ぎった。マリーナをかこんでいる鉄の柵《さく》のところにあるゲートには、カギがかけられていた。

男はその柵《さく》に顔を押《お》しつけた。

クラブハウスの明かりは消え、桟橋《さんばし》のそばでは何艘《なんそう》もの小型《こがた》ヨットがしずかにゆれている。湖面にかすかな風がふきわたり、白くさざなみがたった。

サイモンは男にあたりを見させた。

みんなはどこにいるんだろう？

サイモンは、みんなにけがをさせるつもりはなかった——ただ、パーティにくわわりたいだけだった。だれもがわすれられないような方法《ほうほう》で。

状況《じょうきょう》はよくない。スピーカーの音量《おんりょう》を最大《さいだい》にしても、サイモンには木々のあいだをふきぬける風の音や、ときどき遠くを通りすぎる車の音しか聞こえなかった。男がここまでくるのにずいぶん時間がかかったため、パーティはおひらきになってしまったのだ。

怒《いか》りにまかせてパソコンののった机《つくえ》をたたくと、ディスプレイがはずんだ。

どうして、このばかなゲームのばかな男は、マリーナからはじめなかったんだ？　みんながいなくなる前に。

〈みんなはあなたからかくれています〉

そのメッセージが画面にあらわれたのか、自分の心の中にうかんだのか、サイモンにははっきりとわからなかった。けれども、怒《いか》りがふくれあがるのをかんじた。

かくれている？　ぼくから？　よくもそんなことを！　どういうつもりだよ！

湖岸にそって男を走らせ、左も右も見させたが、人のいる気配はなく、なんの音もしなかった。

とうとう、サイモンは男をマリーナにひきかえさせた。みんながかくれられそうなゆいいつの場所だ。駐車場《ちゅうしゃじょう》には明かりがあったが、マリーナにはまったくなかった。

真っ暗で、鉄の柵《さく》のむこうはかげになっている。

「さあ、こい！」サイモンはさけんだ。

「でてきて、罰《ばつ》をうけろ！」男はたちまち柵《さく》によじのぼり、むこう側《がわ》におりた。

サイモンは画面に必死《ひっし》で目をこらしていた。昨日《きのう》、ゲームが終了《しゅうりょう》したときとおなじトラブルだ。戸外《こがい》は暗くなり、ほとんどなにも見えない。

「やつらを見つけろ！」サイモンは声をひきつらせて男にいった。「見つけるんだ！」

だが、もちろん男はなにもしなかった。サイモンがジョイスティックを動かさなかったからだ。

「こんなばかげたゲーム、もううんざりだ！」サイモンは画面にむかってどなった。

「明るいうちしかできないなんてさ！　なんの得《とく》があるんだ？」

まるでそれに答えるかのように、画面の真っ黒な背景《はいけい》に白い文字がうかびあがった。

〈あなたはどうしたいですか？
・すねる

・ミルクのコップをもってベッドへいき、ママにキスしてもらう

・大あばれする〉

「りこうぶるなよ」サイモンは小声でいった。

大あばれ、だって？

最後《さいご》の選択肢《せんたくし》に決定して、クリックする。画面は真っ暗なままだ。

暗闇《くらやみ》の中では男の姿《すがた》も見えなかった。やや間《ま》があったあと、ガラスのこわれるような音が、画面を通してかすかに聞こえた。それから、なにかかたいものがこわれるような音。そして、またなにかが……。

だが、相変《あいか》わらず夜の画面で、なにも見えなかった。サイモンは腹《はら》をたてて、ディスプレイの電源《でんげん》をパチンときった。

サイモンはほとんど放心状態《ほうしんじょうたい》で授業《じゅぎょう》にでていた。

耳の中で血がどくどくとながれる音がする。先生が話しているが、声はくぐもって遠くから聞こえるようだ。

サイモンは昨夜《さくや》のできごとをもう一度、順《じゅん》に思いかえしてみた。

「大あばれする」という項目《こうもく》をえらんだ。でも、暗すぎてなにも見えなかったので、ディスプレイの電源《でんげん》をきった。

それから、朝になってベッドからでた（ベッドにはいった記憶《きおく》はなかったけれど）。

そしてテレビをつけると、地元のニュースのチャンネルにまわした。

湖の桟橋《さんばし》にリポーターが立っていた。めちゃめちゃになったいくつもの船体をテレビカメラがとらえる。ボートの破片《はへん》が水にういていた。

リポーターは、昨夜《さくや》だれかが何艘《なんそう》もの小型《こがた》ヨットを破壊《はかい》したことを、重々しい声で説明《せつめい》した。

手漕《てこ》ぎボートはすべてしずめられ、クラブハウスの窓《まど》はこなごなにされた、と。

でも、サイモンがリモコンのオフボタンをいそいで押《お》したのは、それが原因《げんいん》ではなかった。気分をわるくさせるような映像《えいぞう》だとあやまりながら、リポーターは近くの水鳥にカメラをむけさせた。

ボートからとったオールが巣《す》のそばにころがっていた。エレノア・ダウンの尽力《じんりょく》によって、絶滅《ぜつめつ》の危機《きき》からつい数カ月前にすくわれたばかりの、水鳥の生息地は全滅《ぜんめつ》してしまいました。リポーターは暗い声でそう説明《せつめい》した。無防備《むぼうび》だった小さな鳥たちの死体を、カメラはしばらくうつしていた。とうとうサイモンは、リモコンのオフボタンを思いきり押《お》した。あまりにも強く押《お》したので、親指に小さくあとがついたほどだった。

それからサイモンは、パソコンの電源《でんげん》がはいっていることに気づいた。

真っ黒な画面に、白い文字がうかんでいる。

〈**それをやったのはあなたです**〉

「ぼくはやってない！」サイモンはきつい声でいった。

「やったのはあいつだ」

〈**でも、あなたが彼をコントロールしているのですよね？**〉

サイモンは部屋の中ほどまでとびあがった。

「もちろん、ぼくはあいつをコントロールしているぞ！」

〈**だったら、あなたのせいです……**〉

「あれは事故《じこ》だったんだ！」サイモンはさけんだ。「『大あばれ』がどんなことになるのか、わからなかったんだよ。あんなことは二度とおきない。これからはなにをするのか、あいつにはっきり教えてやる。そうさ、はっきりとね！」

「はっきりとね」

いま、教室で腰《こし》をおろしているサイモンは、ふたたび自分に小声でいい聞かせた。

「どうかしたの、サイモン？」先生がたずねた。

サイモンははっとわれにかえり、筆箱を床《ゆか》にはたき落としてしまった。ペンがそこらじゅうにとびはねた。

クラスのみんなが、ふだんはサイモンにかまわない生徒《せいと》たちさえも、どっと笑《わら》った。

でも、そのときのサイモンは、そんなことを気にしている場合じゃなかった。

その日のほとんどを、サイモンはマリーナの被害《ひがい》をわすれようとしながらすごした。まあまあうまくいった。

「おい、ダウン！」

サイモンはうめいた。帰ろうとしてドアから歩きかけたところを、フロストに見つかってしまったのだ。

マットはいじわるそうなにやにや笑《わら》いを顔にうかべて、ろうかをこちらに歩いてきた。いつものように何人ものとり巻《ま》きをつれている。「昨日《きのう》はこられなくて気《き》の毒《どく》だったな、ダウニー。でも、おれたちは楽しかったぜ。おかげさまでな。サイコーだったよ」

「それは残念《ざんねん》だな」考える間《ま》もなく、サイモンの口から挑戦的《ちょうせんてき》な言葉がとびだした。

マットの顔が険悪《けんあく》になった。「おい、ダウニー、どうしたってんだ？　イカレた斧《おの》男《おとこ》におれたちがおそわれなかったことを、よろこんでくれると思ったぜ」

イカレた斧男《おのおとこ》の危険《きけん》にマットたちがさらされるはずはなかったと、サイモンはよくわかっていた――男が到着《とうちゃく》する前に、みんな帰ってしまったのだから。だれにも話せない真相《しんそう》が、サイモンの中で音をたててにえたぎっている。

急にすばらしい考えがうかんだかのように、マットの顔は明るくなった。「あっ、そうか。あれは、おまえのママの鳥たちだったんだよな？」マットは大声でいった。「ニュースを聞いて、ママは泣《な》いたかい？」

サイモンはマットに一歩近づいた。「その言葉をとり消せよ」サイモンは声をひきつらせた。「さもないと……」

マットはにらみつけた。「さもないと、なんだってんだ？　オタク野郎《やろう》」さりげなくサイモンの肩《かた》に片手《かたて》をおき、前に歩きだす。サイモンはのがれようとしたが、マットは自分より体も大きいし、力も強い。あっさりとかべに押《お》しつけられてしまった。

遠巻《とおま》きに見守るマットの手下たちに、サイモンはなすすべもなく目をやった。頭を冷《ひ》やせよ、なんてマットにいう者はいない。だれもたすけてくれないのだ。

サイモンが身をよじってにげようとすると、だれかが声をあげて笑《わら》った。サイモンの中で怒《いか》りが燃《も》えはじめた。ぼくは町でいちばん危険《きけん》な男を自由に動かせるんだぞ。なのに、みんながぼくを笑《わら》っている。

マットは顔がふれそうなほど、身を前にかがめた。つめたい目にはユーモアのかけらもない。サイモンはマットと視線《しせん》を無理《むり》やりあわせようとした。あの男がマットの顔をなぐりつけるところを想像《そうぞう》して。自分でもおどろいたことに、サイモンは微笑《びしょう》をうかべていた。

マットはくちびるをゆがめた。「まったくあわれな野郎《やろう》だな、ダウン」マットはうなるようにいった。それから、ふいにサイモンをはなすと、立ちさった。むかえの車へと大またで歩きながら、サイモンは胸《むね》の中がつめたくなっていくのをかんじた。

『フロスト・モーターズ』

販売代理店《はんばいだいりてん》の上にある看板《かんばん》は、本物の生活のものとまったくおなじに見えた。前の庭にはピカピカ光る車がずらりとならんでいる――ポルシェが二台、フェラーリ、マセラッティ、年代もののアストンマーチン。

男の斧《おの》は、フェラーリのボンネットに音をたててふりおろされた。へこんだボンネットから斧《おの》をひきぬき、フロントガラスをねらう。ガラスがこなごなにくだけた。車についた警報装置《けいほうそうち》が何度もけたたましく鳴るあいだ、男はわきにまわって、タイヤに斧《おの》をうちつけはじめた。見ていてうれしかったが、どの動きも、サイモンがジョイスティックでくりだす命令《めいれい》どおりに実行された。男はいわれたとおりに行動していた。

サイモンがコントロールしていたのだ。

「おい!」スピーカーを通じて声が聞こえた。

店の中から修理工《しゅうりこう》やセールスマンたちがとびだしてきた。みんなは男にとびかかって、車からひきはなした。

サイモンはジョイスティックをつかって戦《たたか》った。斧《おの》ではなく、もたせておいた野球用のバットで男が戦《たたか》うようにと確認《かくにん》する。それなら斧《おの》みたいに致命的《ちめいてき》な武器《ぶき》ではない。

修理工《しゅうりこう》たちはおびえてあとずさった。

サイモンは彼らを無視《むし》して、男をとなりの車にむかわせた。男は運転席《うんてんせき》のガラスをこなごなにして、さしいれた手をサイドブレーキにのばした。

ちょっとまって——ぼくはそんな命令《めいれい》をださなかったのに！　サイモンはいらだってジョイスティックをがちゃつかせた。「ちがう！　まってよ！」

男はブレーキを解除《かいじょ》し、車の横に肩《かた》を当てて押《お》した。車は前に動きだした。はじめはゆっくりと動いていたが、そのうちスピードを増《ま》して中庭からでると、大通りにはいった。車の止まったところで交通が混乱《こんらん》し、クラクションがやかましく鳴らされた。

「おい、まて！」

そのどなり声は画面の外から聞こえた。事務所《じむしょ》を全速力で走りでて、こちらへむかってくる男の人の顔がしだいにはっきりした。マシュー・フロスト・シニアだ。フロストさんは男のそばによると、胸《むね》をこづいた。画面の中で、男は軽くびくりと動いたが、そのままじっと立っている。

「警察《けいさつ》がこっちへむかっている」フロストさんはどなった。

「おまえはまっすぐ刑務所《けいむしょ》いきだ――」

男は両手をあげ、フロストさんののどにまわした。

「だめだ！」サイモンはあえいだ。破壊《はかい》なら、かまわない。でも、人殺《ひとごろ》しなんてとんでもない！

サイモンはジョイスティックをつかんだが、全身をつきさされそうなほどの衝撃《しょうげき》をおぼえて、また手をさっとはなした。ほんの一瞬《いっしゅん》、サイモンはまちがいなくそこに、法廷《ほうてい》にいたのだ。なにをやったか、なにをやろうとしていたのかがばれてしまって。

画面の中では、フロストさんがおそろしい声をあげて、ぐったりとなった。

サイモンはゾッとしてさけび、ディスプレイの電源《でんげん》をきるボタンをいそいで押《お》した。効果《こうか》はない。画面はそのままだ。

サイモンはひざをついて、机《つくえ》の下をひっかきまわし、電源《でんげん》のコードを手さぐりで探《さが》した。目当てのコードをつかむと、ソケットからひきぬく。とたんにパソコンから音がしなくなった。あわててまた立ちあがりかけると、机《つくえ》に頭をいきおいよくぶつけた。

サイモンはふるえながら、いすの背《せ》にぐったりともたれた。ディスプレイから目をはなせなかった。ふたたび電源《でんげん》がはいるのではないかとこわかったのだ——まだプラグをにぎってはいたが。

ゲームはストップしたのだろうか？　それとも、ゲームがつくりだす仮想空間《かそうくうかん》の片《かた》すみかどこかで、なおもつづいているのか？　男はマットの父親を殺《ころ》しつづけているところなのだろうか？

でも、そんなこと、どうでもいいじゃないか？　サイモンの心の奥《おく》で、小さな声がいった。

フロストさんを殺《ころ》しているのは、あの男だ。ぼくがそう命じたわけではない。

「そうさ」サイモンはつぶやいた。「ぼくがやったんじゃないんだ」

「殺《ころ》す」という項目《こうもく》なんかえらばなかったし、男の行動をコントロールもできなかった。ただ、破壊《はかい》しようとして販売代理店《はんばいだいりてん》へいっただけだ。

男が勝手に行動をおこしたんだから、仕方ないじゃないか？

自分の考えをさぐるのは、やましさのあるよろこびだった。いたむ歯を舌先《したさき》でしらべるときみたいに。そっと歯をさわって、いたみにひるみ、いそいで舌《した》をはなす……それからまたやりたくなる。やるたびに、だんだん楽になるのだ。

もちろん、サイモンはフロストさんが気《き》の毒《どく》だと思っていた。でも、正直いって、あんなふうに男にむかっていくなんて、まぬけじゃないか？

実際《じっさい》、ああなったのはフロストさんのせいだ。

目の前にとびだした人を、はねてしまった車をせめられないのとおなじことさ。どうにもさけられないことってあるんだ。

あんなふうに対決したら、ほかの結果《けっか》になるはずがない。

フロストさんは男をほうっておけばよかった。

ただそれだけのことだ。

そして、犯行現場《はんこうげんば》にぼくはいただろうか？

いや。指紋《しもん》や、犯人《はんにん》の手がかりとなるDNAサンプルなどをのこしてきただろうか？

もちろん、そんなはずはない。ぼくが事件《じけん》にむすびつけられて、うったえられることはありえないのだ。

それにぼくは、マット・フロストが知らない事実を知っている。

いま、マットはどこにいるだろう？　テレビを見ている？　なかまとぶらついているだろうか？

いつものように、うんと楽しんでいるにちがいない。自分が傷《きず》つけた人間のことなど気にもせずに。でも、ぼくはマットの父親になにがおきたかを知っているんだ。

もう恐怖心《きょうふしん》は消えていた。不気味《ぶきみ》なほど冷静《れいせい》な気分を味わっている。サイモンはひざをついて、パソコンのプラグをまたさしこむと、いすにすわった。ゲームがもう一度たちあがるのをまつ。

ゲームをふたたび読みこむ必要《ひつよう》がなくても、意外ではなかった。たちまち『フロスト・モーターズ』の前の庭の画面があらわれた。たおれてぴくりとも動かないからだを、救急隊員《きゅうきゅうたいいん》が生きかえらせようとしていた。光景《こうけい》はさっきよりもうす暗くなり、配《はい》達《たつ》用トラックで半分かくれている。例《れい》の男は自動車修理《しゅうり》工場《こうじょう》のむこう側《がわ》の通りにうずくまっていた。警察《けいさつ》から身をひそめているにちがいない。

サイモンはしずかにパソコンの電源《でんげん》をまたきると、宿題にとりかかった。

「昨夜《さくや》、マット・フロスト君のお父さんが殺《ころ》されました」

翌朝《よくあさ》の集会はシーンとしずまりかえっていた。校長先生は重々しい口調で知らせをつたえたが、声はかすかにふるえていた。

サイモンは校長先生の顔から目をそらさなかった。

「どうやらフロストさんの販売代理店《はんばいだいりてん》を破壊者《はかいしゃ》がおそって、身を守ろうとしたフロストさんを殺《ころ》したようです」

校長先生は言葉をきって水を飲み、咳《せき》ばらいした。

「いうまでもなく、マット君は今日お休みです。けれども、本校のよき友だったフロストさんのため、一分間の黙《もく》とうをささげましょう」

集会はおわり、生徒《せいと》たちはそれぞれの教室にもどった。ろうかでのおしゃべりはひかえめだった。サイモンはつい習慣《しゅうかん》から、自分に近よってくる者はいないかと横目で見たが、その必要《ひつよう》はなかった。マットがいないと、だれもいつもみたいにサイモンをいじめようとはしなかったのだ。

マットがいない！　サイモンはほほ笑《え》んだ。

ろうかを歩いていても、マットがいじわるをいってくることはない。授業《じゅぎょう》に集中していても、かんだガムをつつんだ紙をマットがぶつけてくることはない。問題に手をあげて答えても、「オタク野郎《やろう》め」とささやく声を耳にすることもないのだ。

マットがいない生活には、いい点がたくさんある。

さらにすばらしいことがおきたのは、休み時間に数人の少年が殺人事件《さつじんじけん》について話しているのを聞いたときだった。いつものとり巻《ま》き連中《れんちゅう》を相手に、トム・マンブリッジが熱弁《ねつべん》をふるっていた。

「その野郎《やろう》は、最初《さいしょ》にポルシェをこわした。それから……」

「フェラーリだよ」サイモンは思わず口をはさんだ。

「最初《さいしょ》にフェラーリをこわしたんだ」みんなはいっせいにサイモンのほうをむいた。

「へえ、おまえは見てたとでもいうのかよ？」トムがかみつくようにいった。

サイモンはトムの目をじっと見た。「あいつはフェラーリのボンネットを斧《おの》でこわした」サイモンはしずかな声で冷静《れいせい》にいった。「それからタイヤをきりさきはじめた……」

「ああ。おれもそう聞いたよ」だれかがいった。その言葉はみんなの注意をひく決め手となった。だれもが熱心《ねっしん》な顔でサイモンを見つめ、波がひいたあとで砂浜にとりのこされた岩のように、トムのまわりにはだれもいなくなった。

「で、ほかにどんなことがおきたんだい？」だれかがたずねた。

サイモンは自分が見たできごとをひたすら話しはじめた。サイモンのまるまっていた心のすみがまっすぐになり、日なたにいる猫《ねこ》みたいにのびをしている。ぼくの生活にデジタル式の数字カウンターがついていたとしたら、とサイモンは思った。友人の数をしめすカウンターは、あっという間《ま》にゼロから急上昇《きゅうじょうしょう》して、二桁《けた》の数字になっただろう。

「なんで、そんなことをなにもかも知ってるんだ?」うたがうような声でトムがたずねた。すると、まるで本当のことみたいに、サイモンの口からうそがすらすらとでてきた。

「うちのすごくイケてるケーブルテレビで見たんだ」サイモンはいった。「おもなテレビ局でやる前に、新しいニュースがなんでも見られる。マリーナの事件《じけん》のことだって、話してやれるよ……」

「へえ、じゃ、あそこでなにがおきたんだい?」

「あんなことをやった犯人《はんにん》の顔はわかったのか?」

トムは腕《うで》を組んだ。「さぁ、話してみろよ、ダウン」

たちまちサイモンは、口をつぐんでいればよかったと思った。マリーナでのことはぜんぜん見ていないのだ。すべて暗闇《くらやみ》の中でおきたのだから。

「そうだな、ええと……」サイモンは話しはじめた。

トムはいじわるそうな笑顔《えがお》を見せた。

「それで？」

「あー、えーと、あいつは……あいつがもってたのは……そうだな……」

サイモンは必死《ひっし》で考えた。

あの男はどうやってボートをこわしたんだ？　鳥たちはオールで殺《ころ》されていた。でも、あれほどのダメージを小型《こがた》ヨットにあたえるには？　それから、『フロスト・モーターズ』で男がつかった武器《ぶき》を思いだした。「そう、斧《おの》だ」サイモンはいった。「そうなんだ！　あいつは斧《おの》をもっていて、ボートをたたきこわしはじめた――」

「警察《けいさつ》がラジオでいってた話じゃ、武器《ぶき》は鉄パイプだったらしいぞ」トムがいった。

「しげみの中で見つかったんだってさ」トムはサイモンをじっと見つめた。

「あの、ぼくは……」サイモンは口ごもった。「うん、ぼくは、パイプっていうつもりだったんだ。だけどさ、そんなこと重要《じゅうよう》じゃないだろう……」

「おまえはパイプを見たのか？　おまえんとこのケーブルテレビで？」

「あ、ああ」サイモンは必死《ひっし》でうそをついた。「それは――」

「どれくらいの長さだった？」

「なあ、そんなことほうっておけよ」だれかがトムに抗議《こうぎ》した。「サイモンに話をさせろよ」

サイモンは両手をあげて、一メートルほどの長さをしめした。「これくらいの長さだよ。それから――」

「そいつの色は？」

サイモンは目をぐるりとまわした。「灰色《はいいろ》さ」

「じゃ、斧《おの》じゃなかったのはたしかなんだな？」

「もちろんだよ！」サイモンはさけんだ。

「どうやら、武器《ぶき》は斧《おの》だったらしいぜ」トムは満足《まんぞく》そうにいった。「クラブハウスからぬすまれた、赤くて大きい、消防用《しょうぼうよう》の斧《おの》だって。しげみの中で見つかったのはそれらしいぞ」

サイモンはトムをまじまじと見た。みんなの関心《かんしん》がうすれていくのをかんじる。

「だ、だけど……パイプのことは……」サイモンはいった。

「パイプの話はでまかせさ」トムはいった。「おまえの話とおなじだよ。さあ、みんな。こいつを自分のちっぽけな世界においていこうぜ。おれたちのほうには近づくなよ、ダウン」

トムはふりむきもせずに歩きさった。そして、サイモンのまわりにいた生徒《せいと》たちも少しずついなくなった。何人かはサイモンをふりかえって見ていた。敵意《てきい》をこめて見る者もいたし、ただムッとしている者もいた。

「ちっともおもしろくねえぞ、サイモン」ひとりがつぶやく。わざとぶつかっていく者もいた。ちょうどマットがよくやっていたように。

十秒後、サイモンはまたひとり、ぽつんとろうかの真ん中に立っていた。顔がかっと燃《も》えている。友人の数をしめすカウンターはゼロにもどってしまった。

学校から車で帰るとちゅうも、サイモンのほほはまだ熱《あつ》かった。本当のことを話したのに！　なんて皮肉《ひにく》なんだろう？　知ったかぶりのトムにマリーナのことをたずねられるまで、すべておこったとおりに説明《せつめい》していたのだ。

こんなの不公平《ふこうへい》だ、と思うとさけびたくなった。みんなが聞きたがっていることを話してやったのに、それでもぼくを無視《むし》するなんて。本当のことをいっても、ぼくをいやがる。うそをついても、ぼくをいやがる。みんな、ただぼくを嫌《きら》いなだけなんだ。

こいつを自分のちっぽけな世界においていこうぜ。トムはそういった。もし、あいつらが望《のぞ》めば、その世界のなかまになれたんだぞ。ぼくの友だちになれたのに。たのまれれば、ぼくの生活にいれてやったはずだ。でも、そうじゃなくて……。

おれたちのほうには近づくなよ、ダウン。

いやだね。だれがおとなしくしてるもんか！　サイモンは無視《むし》できそうにないメッセージを、トムたちの世界におくるつもりだった。

自分の部屋へあがると、サイモンはカバンをベッドの上にほうりなげ、自信に満《み》ちてパソコンの電源《でんげん》をいれた。

〈おまちしていました〉

画面に文字があらわれた。〝おかえりなさい〟

「さあ、はじめよう！」サイモンはにっこりしていった。

ヘリコプターがエンジンからけむりをふきだしながら、急降下《きゅうこうか》していく。こなごなになったモーターの轟音《ごうおん》がスピーカーから聞こえた。ヘリコプターは議会《ぎかい》の建物《たてもの》の横にぶつかり、オレンジ色の火の玉となって爆発《ばくはつ》した。

くぐもった爆発音《ばくはつおん》が、サイモンの部屋の窓《まど》ごしに聞こえてくる。サイレンの音もまじっていたが、それはこの二日間、ほとんどひっきりなしに聞こえている。

男は高層《こうそう》の建物《たてもの》のてっぺんに立ち、ライフルをおろした。サイモンはにやりと笑《わら》った。その交通ヘリコプターは町じゅうをとびまわって、サイモンをなやませていた。

巨大《きょだい》な昆虫《こんちゅう》のようにぶんぶんとび、よけいなところに鼻をつっこむ。サイモンは——つまり、男のことだが、いまでは事実上、ふたりは一心同体だった。自分の手で始末《しまつ》をつけたのだ。

それでもサイモンは、ヘリコプターにまだなにかかしがあるように思っていた。サイモンが画面で見ているものは、すべて男に見えているものだった。ヘリコプターが地元のラジオ局に最後《さいご》におくった報告《ほうこく》は、ここまで男がやったことを短くまとめていた。「この週末《しゅうまつ》、混乱《こんらん》と破壊《はかい》が町をおそいました」ニュースの男はそう語った。

市庁舎《しちょうしゃ》は炎《ほのお》に包《つつ》まれていた。あるデパートのあちこちの窓《まど》からは、真っ黒な煙《けむり》がふきだしている。図書館はまるで溶鉱炉《ようこうろ》のようで、黒こげになった紙のたばが上昇気《じょうしょうき》流《りゅう》にのって、建物《たてもの》からとんでいく。サイモンの学校は、くすぶる鉄骨《てっこつ》となっていた。

意外にも、こうしたことのすべてを男がやったわけではなかった。暴力《ぼうりょく》は暴力《ぼうりょく》を生む。サイモンは知恵《ちえ》をつかった。サッカーの試合《しあい》から帰るとちゅうのサポーターたちを、男におそわせることから暴動《ぼうどう》をはじめた。そして——ヘリコプターを撃《う》つ少し前だ——刑務所《けいむしょ》でいちばん大きな警備棟《けいびとう》から、囚人《しゅうじん》を釈放《しゃくほう》した。そうした人たちが、みんな暴動《ぼうどう》にくわわったのだ。

町の住民《じゅうみん》たちは危険《きけん》をさとり、にげようとする車でどの道も大渋滞《だいじゅうたい》となっていた。車でにげるのはほとんど意味がない。男はのっとった何台もの大型《おおがた》トラックで、おもな通りを封鎖《ふうさ》していたからだ。

ゲームはもうヒントをあたえていなかった。なにもかもサイモンが思いついたことだ。町で人々がどんな対策《たいさく》をとっても、効果《こうか》はないようだった。もし、ドアにカギがかかっていても、サイモンがあやつる男はあけることができる。人々がはむかってきたら、撃退《げきたい》すればいい。男を止めることはできなかった。

サイモンを止めることはできないのだ。

そう、こんなできごとをだれもすぐにはわすれられないだろう。

サイモンの心の奥《おく》で、こうつげるものがあった。おなかがすいているし、つかれたし、からだがにおうぞ、と。この二日間、サイモンはなにも食べず、まったくねむらず、お風呂《ふろ》にもはいっていなかった。週末《しゅうまつ》のあいだずっと、パソコンの前にすわり、犯罪《はんざい》の波を指揮《しき》していたのだ。

サイモンの心の一部は、なんておそろしいことをしているんだ、とさけんでいた。でも、のこりの部分は、勝利感《しょうりかん》で舞《ま》いあがっていた。ただしいことをしている気がした。やらなくちゃならないことなんだ、と。自分がやっていることは、だれの心の奥《おく》ふかくにもひそむものなのだ。サイモンはそれを解放《かいほう》しただけだった。

二日間ではじめて、サイモンの部屋のドアがひらいた。ふつうの場合、使用人たちはノックするだけだ。そして返事がないと、そのまま立ちさってしまう。勇気《ゆうき》のある者も中にはいて、ドアから顔をつきだすが、サイモンにどなられるとひっこむ。

でも、今度は……。

「サイモン?」

「ああ。ハイ、父さん」

サイモンの父親は、部屋の奥《おく》まではいってこなかった。自分のうしろのどこかに、背《せ》の高い人が立っていることをサイモンはぼんやりと意識《いしき》した——どっちみち、いちばんましなときだって、父親の姿《すがた》はその程度《ていど》にしか見ない。

サイモンは画面から目をはなさなかったが、スピーカーの音は小さくした。チャーチ通りを走らせて、男を博物館《はくぶつかん》にむかわせているところだった。どうして、もっと早くこのことを思いつかなかったのだろう？　博物館《はくぶつかん》には、重要《じゅうよう》で高価《こうか》なものがたくさんつめこまれている。

サイモンの父親は鼻にしわをよせた。「窓《まど》をあけたらどうだ？　ここはくさいにおいがするぞ」

「わかったよ」サイモンは答えた。男は正面のガラス製《せい》のドアに到着《とうちゃく》した。博物館《はくぶつかん》はしまっていて、略奪者《りゃくだつしゃ》がはいらないように、ガラスのドアにカギがかけられている。

男はごみ箱をもちあげて、ドアになげつけた。

「父さんは銀行へいかなければならないんだ。警備員《けいびいん》をまとめる人間が必要《ひつよう》だからね。みんなパニックにおちいってる。だが、心配するな。わたしたちは安全だよ……」

あっ、そう。ろくに耳もかたむけず、サイモンは思った。

もうでていってよ。

「強化された車に乗っているし、運転手《うんてんしゅ》は高度な訓練《くんれん》をうけているから……」

「ふうん、なるほど」

外のおどり場から、女の人の声がかすかに聞こえた。

「ああ、それから母さんもわたしとでかける」父親はいった。「だが、さっきもいったように、わたしたちは安全だからな。いそいで用事をすませてくるから、心配するな」

「わかった」サイモンは画面から目をはなそうともせずに、つぶやいた。

父親は、サイモンの肩《かた》ごしにのぞきこんだ。「おやおや、いったいなんのゲームをやってるんだい？」父親はごくりとつばをのんだ。

「こんなことがすべてかたづいたら、もっと家族みんなですごそう。約束《やくそく》するよ。いいね？」

父親は片手《かたて》をサイモンの肩《かた》においた。その手をはらいのけられ、ため息をつく。

「おまえをおいていきたくないんだ。だが、町にいくよりも、ここにいたほうが安全なんだよ。じゃ、あとでな、サイモン」

サイモンは前に身をかがめて、音量《おんりょう》をもとにもどした。画面には、ローマ時代のものが展示《てんじ》された場所から、男が小さな石像《せきぞう》をとりあげるところがうつっている。男は石像《せきぞう》をこん棒《ぼう》がわりにつかって、ほかの展示物《てんじぶつ》をこなごなにたたきこわした。警備員《けいびいん》がむかってくると、石像《せきぞう》で相手をなぐった。警備員《けいびいん》は床《ゆか》にたおれて動かなくなった。

それから男は、博物館内《はくぶつかんない》のとなりの展示室《てんじしつ》へ移動《いどう》した。「中世の武器《ぶき》」の部屋だ。

〈あなたの結果《けっか》：

・あたえたダメージ：三一五九万三四七六ポンド分〉

わるくないな、とサイモンは思った。

男は博物館《はくぶつかん》の外へでる階段《かいだん》を小走りでおりた。サイモンはいすの背《せ》にもたれて、のびをした。背骨《せぼね》が音をたてる。両手の指をからみあわせてポキポキ鳴らした。

うん、これは気持ちがいい。

〈ハイ、サイモン――つぎはどこへいきますか？
かなりの被害《ひがい》をあたえる場所を攻撃《こうげき》しませんか？〉

サイモンは顔をしかめた。ゲームが提案《ていあん》したのは、この数時間ではじめてだった。

「被害《ひがい》をあたえる場所を攻撃《こうげき》」って、どういう意味だろう？　すでに三〇〇〇万ポンド以上《いじょう》のダメージをあたえたじゃないか？　それにはうんと攻撃《こうげき》を……。

なにかがぼんやりと、サイモンの心の中によみがえってきた。ちょうどいま、父さんと母さんはそこにいるんじゃないか？　父さんがなにかいっていたな、たしか……。

町へいくとかいっていた。

銀行へいく、って。

ばかだなあ！　サイモンはおでこをぴしゃりとうった。なんてにぶいんだろう？

銀行をぬかしていたんだ。父さんが生きがいとしている場所を。

そうだよ！

父さんと母さんが思っているより、ぼくはずっと重要《じゅうよう》な人間だってことを、見せてやる。

それに、銀行から金を全部ぬすんだら、スコアはすごいものになるぞ！

「よし」サイモンはいった。「銀行へいこう！」

たちまち、画面にいる男はおなじみのかけ足を長い足ではじめた。いままではサイモンもそれになれていた。いったん目的地《もくてきち》が決まれば、男はただそこへむかうだけだ。たいくつではあったが――。

サイモンははっとしてすわりなおした。ジョイスティックをつかって、目的地《もくてきち》をえらんではいない。声をつたえるための装置《そうち》もないのに――なぜ、ゲームはぼくのいったことに反応《はんのう》できたのだろう？

サイモンはジョイスティックをつかんで、男を止まらせようとした。だが、男は走りつづけるだけだ。テレビ店から強奪《ごうだつ》していた者たちが、さっと道をあけて男を通した。燃《も》えている市庁舎《しちょうしゃ》を通りすぎるとき、男は渋滞《じゅうたい》している車の屋根にとび乗り、屋根から屋根へと走った。広場が見えてきた。銀行がある場所だ。

突然《とつぜん》、男は車の屋根からとびおり、道の反対側《はんたいがわ》を動いている車にかけよった。らくらくとその車においつく。

男は運転席《うんてんせき》のドアをひきあけ、運転手《うんてんしゅ》をひきずりだした。

運転《うんてん》していた男は抗議《こうぎ》しはじめたが、サイモンのあやつる男は、相手の腹《はら》や顔をこぶしでなぐった。運転《うんてん》していた男はガクリとひざをつき、体をふたつに折《お》った。すると、サイモンの男は無人《むじん》になったその車に乗りこみ、アクセルペダルをふんだ。タイヤのきしむ音がして、車はいきおいよく走りだした。

もはやジョイスティックでは男をコントロールできなかった。まるで映画《えいが》を見ているようだ——だが、サイモンはこれが現実《げんじつ》だと知っていた……。

おびえた歩行者《ほこうしゃ》たちは、車がすすむ方向からにげだした。すばやくにげられなかった女性《じょせい》に車が強くぶつかり、女性《じょせい》は空中にはねあげられた。画面の中の光景《こうけい》は、車のフロントガラスから見えるものに変《か》わっていた。車が急にまがるたび、サイモンは机《つくえ》の両はしをつかんだ。

車は広場のほうへと、道を正反対《せいはんたい》に疾走《しっそう》していた。黒い大きな車、リムジンが前のほうに見えてきた。それはただしい方向に道を走っていたため、ほとんど動いていなかった。サイモンの頭の奥《おく》でなにかがムズムズしはじめた。そのリムジンには見おぼえがある。

ぬすまれた車はリムジンのほうへと急にむきを変《か》え、スピードをあげた。サイモンは警告《けいこく》のさけびを発した。でも、もちろん、だれにも聞こえない。車は金属《きんぞく》がつぶれるいやな音をたてながら、リムジンの横にまともにぶつかった。男が乗った車のフロントガラスがこわれ、サイモンはゾッとして見つめた。

リムジンのドアがひらき、だれかがよろよろとおりてきた。

「父さん！」サイモンは画面にむかって大声をあげた。「あぶない！」

男は車のむきを変《か》え、ふたたび前進ギアをいれた。

サイモンは悲鳴《ひめい》をあげた。「だめだ！」

父親はぬすまれた車の正面と、自分のリムジンの横腹《よこばら》とのあいだにはさまれた。重い金属《きんぞく》のかたまりが父親に激突《げきとつ》する。男がふたたび車のむきを変《か》えると、サイモンの父親の体は地面にたおれた。

その一瞬《いっしゅん》、サイモンはまたふつうの少年にもどっていた。父親の死体をひと目見たとたん、ゲームへとサイモンをかりたてていたあらゆるにくしみも怒《いか》りも、失望《しつぼう》もたちきられた。まるでそんな感情《かんじょう》などなかったかのように。吐《は》き気《け》がこみあげ、サイモンは口をしっかりとじなければならなかった。だが、画面からは目をはなせない。

リムジンの中にぼんやりと人の姿《すがた》が見える。ぼうぜんとして、動くこともできないようだが、サイモンには母親だとわかった。男はまたしても車をリムジンにぶつけたが、今度はアクセルをふみつづけている。

リムジンは横に動きだし、歩道に押《お》しやられてだんだん動きを速め、かべに激突《げきとつ》した。とたんに火花がガソリンタンクに引火したにちがいない。ガソリンの爆発《ばくはつ》する音がしたかと思うと、めちゃめちゃになった車内から火の玉がとびだした。オレンジ色の炎《ほのお》が、貪欲《どんよく》に画面をなめるかのように広がる。

サイモンはパソコンからよろよろとはなれた。「うそだろ！」ささやくようにいう。

「これはただのゲームだ。そうに決まっている！　単《たん》なるゲームなんだ！」サイモンはさけんだ。

テレビのニュース番組を見てみよう。こんなことが放送されているはずはない。そうすれば、これが現実《げんじつ》でないとわかる。そして父さんも母さんも、もうすぐ帰ってくるんだ。

サイモンはテレビをつけ、リモコンでチャンネルをあちこち変《か》えた。あった。広場をへリコプターからうつしている映像《えいぞう》。ねじまがり、片側《かたがわ》が黒こげになってころがっている、両親のリムジンが。

歩道にサイモンの父親の死体が横たわっていた。救急隊員《きゅうきゅうたいいん》がその上に毛布《もうふ》をかけているところだ。おびえた人々があたりをうろつき、パニックのあまり、車をすててにげようとしていた。サイモンの男の姿《すがた》はどこにもなかった。

サイモンは机《つくえ》の上のディスプレイを見つめた。テレビのものとまったくおなじ光景《こうけい》だ。すると、画面の中の男が顔をあげた。

ディスプレイにうつる光景《こうけい》が変《か》わった。男の視線《しせん》が上に動いていくのがわかる——広場のまわりのビルを通りすぎて、さらに上へ。町の上にそびえる丘《おか》のてっぺんにある屋敷《やしき》へと。

サイモンの家へと。

男は走りはじめた。長い足で走る、見なれたスタイルで——町からでていく道をえらんでいる。

「だめだ!」サイモンはさけんだ。みぞおちにずしりとくる恐怖心《きょうふしん》をおぼえる。

サイモンはいそいで部屋を横ぎり、いすにいきおいよくすわった。ディスクのトレイのとりだしボタンを押《お》し、DVDをつかみとる。それをテーブルのはしに強くうちつけた。こわれない。今度はテーブルの角に押《お》しつけ、全身の体重をかけた。ディスクはまがりはじめ、ふいにパキンとふたつに割《わ》れた。ギザギザに割《わ》れた部分で、サイモンは手首をきった。

サイモンは机《つくえ》にもたれ、あらく息をついて目をとじた。ゲームのもとをこわした。もうおわったんだ。おわったにちがいない。

パソコンのスピーカーからまだサイレンの音が聞こえる。サイモンは目をあけ、悲《ひ》鳴《めい》をあげた。

ゲームはまだつづいている。

サイモンはログオフしようとしたが、できなかった。強制的《きょうせいてき》にゲームを終了《しゅうりょう》させるキーを押《お》したが、なにもおきない。電源《でんげん》スイッチを押《お》しても、パソコンは動いていた。サイモンはひざをつき、電源《でんげん》ケーブルをもとめてテーブルの下を手さぐりした。パソコン本体から電源《でんげん》ケーブルをひきぬき、念《ねん》のため、ケーブルの反対《はんたい》のはしもかべのプラグからひっこぬいた。ゲームはなおもつづいている。

いまや、男はすぐ近くにいた。

サイモンはわめいて、おどり場にとびだした。「あいつがやってくる!」サイモンは玄関《げんかん》ホールにむかって大声でさけんだ。

長い階段《かいだん》のいちばん下から、執事《しつじ》のテンプルトンが目をぱちくりさせてサイモンを見あげていた。「どなたがいらっしゃるのですか、サイモンぼっちゃま?」

「あいつが……あいつだよ! あいつは父さんと母さんを殺《ころ》したんだ。ここへむかっている——」

執事《しつじ》はまゆをよせた。「ご気分はだいじょうぶですかな、サイモンぼっちゃま?」

そのとき、玄関《げんかん》のドアになにかがぶつかる音がした。

「あれはなんだろう?」テンプルトンはドアへ大またでむかった。

「気をつけろ!」サイモンはあとずさりながらさけんだ。「まさか……まだつくはずはない」ゲームの中で、男がこんなに早く移動《いどう》したことはなかったじゃないか!

サイモンは部屋へかけもどった。ディスプレイには、玄関《げんかん》のドアがひらくところがうつっていた。じろじろと見つめる執事《しつじ》の顔が、画面いっぱいにうつしだされる。

「どちらさまで——」

男のこぶしが顔に当たり、テンプルトンはよろよろとあとずさった。鼻から血がでている。男はテンプルトンにつづいて家の中へはいり、手をのばした。男の手が執事《しつじ》の首に巻《ま》きつき、しめつける。テンプルトンは男の手首をひっかいた。

男は執事《しつじ》をほうりだした。

横のほうから悲鳴《ひめい》が聞こえた。男がふりかえると、家政婦《かせいふ》が立ちすくんでいた。両手を顔に当てている。たちまち男は家政婦《かせいふ》のそばへより、にげるすきもあたえずにひっつかんだ。

ふいに悲鳴《ひめい》がやんだ。

サイモンはすすり泣《な》きながら、寝室《しんしつ》のドアへ突進《とっしん》してバタンとしめた。カギをかけて、まわりを見る。

ありえないことなのに、パソコンはまだ動いていた。

ゲームはなおもつづいている。

サイモンはゾッとしてかべまであとずさったが、パソコンの画面から目をはなせなかった。男がサイモンの部屋へと、階段《かいだん》をあがってくるのがうつっている。男はドアの取っ手に手をのばした。スピーカーを通して、男のあらい息づかいが聞こえる。サイモンは本物のドアを見た。取っ手がまわっている。いったん止まって間《ま》があいた。突然《とつぜん》、重い体が体当たりし、はずみでドアの羽目板《はめいた》が振動《しんどう》した。

もう一度。

羽目板《はめいた》がさけはじめる。

恐怖《きょうふ》のせいでなみだがながれ、サイモンの視界《しかい》はぼやけた。ドアがいきおいよくひらく前、サイモンは目にした。パソコンの画面にあらわれた最後《さいご》の言葉を……。

〈ゲーム・オーバー〉

第二話
もうひとりの姉

The Other Sister

『スパークル・アクセサリーズ』は、いつもの真夏とおなじように客でごったがえしていた。少年バンドが演奏《えんそう》して大ヒットした軽い曲がながれる中、キャサリン・ウラムズは客のひとりひとりに明るい笑顔《えがお》であいさつした。

自分でもそらぞらしくかんじられるほほ笑《え》みだった。キャサリンが朝じゅうかかってショーウィンドウの中につみあげた、新製品《しんせいひん》のゴールドとシルバーの口紅《くちべに》みたいに。ならんでいた客の先頭に、ようやくおどりでたのは三人づれの少女だった。

「青いゴムはある？」少女のひとりがたずねた。三人はカウンターの上にヘアゴムを山のようにつみ、かきわけて探《さが》している。

「青はきらしているんです」キャサリンはあやまった。

ほかのゴムをいろいろとすすめる。

「赤ならありますが。緑や黄色や、オレンジのものも……」

「それじゃ、だめよ……」少女は思案《しあん》した。「青緑色のは？」

「いえ、ございません。ここにあるものだけなんです——赤に、緑に……」

「紺《こん》は？　サファイア色はどう！　うーん、サファイア色のがいいな……」

キャサリンは早くも頭の片《かた》すみで、ほかにしなくてはならないことを思いめぐらしていた。ブレスレットの陳列台《ちんれつだい》の棚《たな》おろしをして、イヤリングをもっと正面入り口の近くに移動《いどう》させて——店長のステラが、小売業界《こうりぎょうかい》の雑誌で読んだのだった。まず安い商品が目につけば、客ははいってきやすくなる、と——ハンドバッグのディスプレイを変《か》えなくちゃ……。

「いえ」キャサリンはいった。「ありますのは、赤と……」

少女はくるりとむきを変《か》えると、友人たちを押《お》してすすんだ。「もういいわ。ねえ、みんな、いこう。この店、サイテー」

キャサリンはすでにつぎの客にほほ笑《え》みかけていた。時間の無駄《むだ》だった客に対して、心のすみでひそかに不平《ふへい》をつぶやいたが、一瞬《いっしゅん》だけだった。あんな客たちのことをくよくよと考えていても仕方ない。さもなければ、一日じゅう腹《はら》をたてていることになる。

『スパークル・アクセサリーズ』の店員は、店長をいれて三人しかいない。夏休みを半分すぎたいま、店はいつもこんでいる。けれどもキャサリンは、店員が自分だけに注意をむけてくれている、と客に思わせるコツを心えていた。

「いらっしゃいませ」キャサリンは明るい声でいった。その女性《じょせい》は、店にくるふつうの客たちの、少なくとも二倍の年だった。この人はまちがって迷《まよ》いこんできたのかしら、とキャサリンは思った。

「やっと番がきたわ！」女性《じょせい》は大声でいった。「こんなに長くまたされるなんて」

「なにをお探《さが》しでしょうか、お客さま？」キャサリンはいった。

「あのね、ぼんやりと一日じゅうまってるほど、ひまじゃない人もいるのよ。わかる？」

「さようでございますね」キャサリンは相《あい》づちをうったが、笑顔《えがお》はひきつりはじめた。

「なにをさしあげましょうか？」

客はバッグから緑色のスカーフをひっぱりだした。「このスカーフなのよ」女性《じょせい》はいった。「二日前にここで買ったんだけど、ちょっとこの縫《ぬ》いめを見てちょうだい！」

女性《じょせい》はそういいながらスカーフをかかげて、へりの部分を指さした。

「もうほつれてきているのよ！」

キャサリンは礼儀《れいぎ》ただしくほほ笑《え》んで、客の苦情《くじょう》に耳をかたむけていた。

二年前、十四歳《さい》のときにこの仕事をはじめたのだが、最初《さいしょ》は土曜日だけ働《はたら》いていた。フルタイムでここにつとめるのは、この夏がはじめてだった。夏休みがおわれば、高校の最後《さいご》の年がはじまる。

キャサリンはこの四週間、必要《ひつよう》なものについて、これまで思いもしなかったほどたっぷりと学んだ。にっこりとほほ笑《え》むこと、ふさわしいところでうなずくこと。そして客の話はことごとく無視《むし》することを。

女性《じょせい》はなおもまくしたてていた。「縫《ぬ》いめの問題だけじゃないのよ。昼間、外でこのスカーフを巻《ま》いて気づいたんだけど、これってライムグリーンっぽい色なのよね。でも、わたしには深緑色のほうが似《に》あうの」

キャサリンはうなずいてにっこりした。

「それに、肩《かた》に巻《ま》くと、思ったほど体型《たいけい》にあわないの……」

体型《たいけい》にあわない？　ここは『スパークル・アクセサリーズ』よ！　女の子相手の店なの！　あなたは、自分の半分くらいの年の子むけのスカーフを巻《ま》こうとしてるのよ！　あわなくて当然《とうぜん》じゃないの！

「だから思ったんだけど、おたくの店でなにか……」

あのね、あなた、どうかしてるんじゃない？

「すべて順調《じゅんちょう》かしら、キャサリン？」

キャサリンはたちまち気分がしずんだものの、笑《え》みはたもちつづけた。倉庫《そうこ》からゆっくりでてきた店長のステラが、話に首をつっこんできたのだ。

ステラは有能《ゆうのう》に見えそうな、濃《こ》い色のスマートなスーツを好《この》んだ。ハイヒールをはき、髪《かみ》は完《かん》ぺきだ。いつかデパートの経営者《けいえいしゃ》になるつもりだという野望《やぼう》を、かくそうともしていない。

「はい、ステラ」キャサリンはいった。「こちらのお客さまは、スカーフをかえしにこられたところで……」

「じゃ、かわりにおすすめできる品をえらんでさしあげて」ステラはうなずいた客にほほ笑《え》みかけた。「お客さまの自然《しぜん》なお肌《はだ》の色にお似《に》あいのものを——深緑色などいかがでしょう?」

女性《じょせい》はうれしそうにほほ笑《え》んだ。

この人が深緑色というのを聞いたから、そういっただけのくせに、とキャサリンは思った。「すぐおもちします、ステラ」キャサリンはいい、カウンターからはなれた。

「それがおわったら、イヤリングを移動《いどう》してちょうだい……」

「その予定です、ステラ」

「あら、〝予定〟と〝実行〟とはちがうのよ」とても気のきいたセリフだといわんばかりに、ステラは答えた。たぶん、店の経営者《けいえいしゃ》むけの本で見つけたキャッチフレーズだろう。なにも答えないほうがいいとわかっていたから、キャサリンはだまってスカーフの陳列台《ちんれつだい》へいそぐと、多少なりとも緑色といえるものを何枚《なんまい》かえらんだ。
三、四枚《まい》のスカーフをもって、カウンターにもどろうとふりかえったとたん、キャサリンはすぐうしろに立っていた女の子にぶつかりそうになった。女の子はこちらを見ていなかった――きらきら光る小銭《こぜに》いれがさがった回転ラックを、ゆっくりとまわしていたのだ。小銭《こぜに》いれについたプラスチック製《せい》の宝石《ほうせき》が、強い照明《しょうめい》でかがやくさまをじっと見つめている。
キャサリンは子どもの年齢《ねんれい》を当てるのがへただったが、その子はせいぜい六歳《さい》ぐらいだろう。

肩《かた》までの長さの、暗さをおびたみだれた金髪《きんぱつ》。赤とピンクのパッチがついた、中綿《なかわた》いりの明るい上着を着ている。めずらしい柄《がら》の上着だが、大胆《だいたん》なレトロ調がなかなかおしゃれだ。どこで売っているのだろう。大人用サイズもあるのかな、とキャサリンは思った。

「こんにちは」キャサリンはいった。

女の子は一瞬《いっしゅん》、視線《しせん》をあげたが、すぐさま回転ラックにまた目をむけた。キャサリンはちょっと考えた。ステラはつれのいない子どもが店にいることをいやがる――お金はもっていないし、商品をぬすむ者もいるからだ。

でも、この女の子は、めんどうをかける客たちよりずっと年下らしい。それに、少なくとも父親か母親がすぐ近くにいるはずだ。だからキャサリンは体を横にしてそこを通りぬけ、ふたたびつくり笑《わら》いをうかべてカウンターにもどった。

「まあ、そうね、どうかしら」キャサリンがカウンターの上にスカーフをおうぎ形にならべると、さっきの女性《じょせい》はいった。「どれも深緑色とはいえないんじゃない？」

さいわい、ステラがこの客の相手をすることに決めたらしかった。お客さまの目の色にはこの緑のスカーフがお似《に》あいですよ、と説得《せっとく》する必要《ひつよう》をかんじたからだろう。

キャサリンは、ステラのうしろでうろうろしていた。ならんでいるほかの客もステラにまかせて、イヤリングの移動《いどう》にとりかかってもいいだろうか、と思いながら。キャサリンは店内を見まわした。あの小さな子はまだいるかしら。

女の子はならべられたハンドバッグを見ていた。光沢《こうたく》のあるライラック色の革《かわ》のクラッチバッグを指でなぞっている。

キャサリンは興味津々《きょうみしんしん》でながめた――そのバッグは店でいちばん高価《こうか》な商品のひとつだった。まさかあの子がバッグを買うはずはない。でも、ステラが乱暴《らんぼう》に女の子を押《お》しやって、店から追いだすところを見たくなかった。だからキャサリンは、あの子の両親があらわれないかとねがいながら、目をくばっていた。

少したつと、女の子につれがいないことははっきりしてきた。たぶん、両親はべつの店にいるのだろう。問題をおこしそうな子には見えない。

キャサリンは以前《いぜん》、子どもたちのせいで大変《たいへん》な目にあった経験《けいけん》がある。その子たちは気にいった品をそれぞれつかみとって、にげだしたのだ。

ドアにとりつけられた盗難防止《とうなんぼうし》ブザーが鳴ったが、子どもたちをつかまえるのは間《ま》にあわなかった。でも、この女の子はまだ小さいし、内気《うちき》でおとなしそうだ。万引きしてにげたりなどしそうにない。

ようやく、例《れい》の気むずかしい客は『スパークル・アクセサリーズ』にあるうちで、もっとも自分の目にあった色のスカーフをもって立ちさった。もうひとりのフルタイムの店員のベスが昼の休憩《きゅうけい》をおえてもどってきたので、ステラは倉庫《そうこ》にひっこんだ。ベスはならんでいる客に必死《ひっし》で応対《おうたい》していた。

「すぐにそっちをてつだうわ、ベス」キャサリンはそういうと、さっきの女の子のところへむかった。女の子はかざってある虹色《にじいろ》の手袋《てぶくろ》のほうに手をのばし、物ほしそうに見つめていた。本当にふれる勇気《ゆうき》はないけれど、とてもいうふうに。

キャサリンはとっておきの笑《え》みをうかべると――心からのほほ笑《え》みに近かった――女の子の横にかがんだ。「ハイ」キャサリンはいった。「なにか探《さが》してるものがあるの？」

女の子はキャサリンを見あげた。はにかんで、うちとけようとしない表情《ひょうじょう》だが、あいだのはなれた大きな茶色の目には、ほほ笑《え》みめいたものがうかんでいる。女の子は手袋《てぶくろ》を指でなぞった。「これ、すてき」女の子はささやくようにいった。あまりに小さな声なので、キャサリンは耳をすまさなければならなかった。

「その手袋《てぶくろ》は、ちょっとあなたには高すぎると思うわ」キャサリンはやさしくいった。

女の子はがっかりしたようだった。「お金はもってないの。でも……」身をのりだす。「……あたしの姉妹は、ぜったいにあれが気にいるわ」この世でいちばんの秘密《ひみつ》をうちあけるかのようないい方だった。

キャサリンは息をすい、姉妹についてたずねようとした――それって、あなたのお姉ちゃん？　妹？　あなたはパパやママといっしょじゃないの？　いったい、パパとママはどこにいるの？　けれども、そのとき、むこうからステラがするどくよぶ声が聞こえた。

「キャサリン！　そんなところでなにしているの？　こっちへきて、ベスをてつだって！　有能《ゆうのう》な店員とは、働《はたら》き者《もの》の店員のことをいうのよ！」

キャサリンは立ちあがった。「いまいきます、ステラ」

ステラは、さらになにかいおうとして口をひらいた。くちびるをすぼめたしぐさからすると、女の子に気づいたのだろう。

「どうか……」ステラはいいはじめた。つれのいない子どもに対する、店の方針《ほうしん》を思いださせようとしているのだ。

「ごめんなさいね。こういうのは、お金をはらうお客さんのものなの」キャサリンは小声でいった。女の子の手から手袋《てぶくろ》を遠ざける。「パパとママを探《さが》しにいったほうがいいわ」

キャサリンが目のすみから様子をうかがうと、それでよしとばかりに、ステラはうなずいてむきを変《か》えた。

女の子は無表情《むひょうじょう》な暗いまなざしで、つかの間《ま》キャサリンを見つめていたが、そばを通りすぎて店の外へ走りさった。陳列《ちんれつ》用のスタンドで手袋《てぶくろ》がかすかにゆれている。キャサリンは身のちぢむ思いだった。

だって、どうすればよかったのよ？

キャサリンは腹《はら》だたしかった――自分自身に対して、ステラに対して怒《いか》りをおぼえる。あの女の子に対してさえも。

あの子はうろうろしてちゃいけなかったのよ。なにも買うつもりがないのはたしかだった。それに、あの子が万引きでもしたら、ステラにうんと怒《おこ》られるのはわたしよ！

キャサリンはため息をついた。客や、野心《やしん》がありすぎの店長とかとかかわらずにすむ仕事を見つけるには、もうおそいだろうか。そう思いながらカウンターへもどった。

二日後、キャサリンはショッピングセンターにはいる自動ドアをぬけ、人をかきわけながらあわてて歩いていた。月曜日にしては、ふだんよりこんでいる。キャサリンの希望《きぼう》より十倍もゆっくり歩こうと決めたかのような人々でいっぱいだった。

キャサリンは寝坊《ねぼう》した上、バスは町の中心にむかう渋滞《じゅうたい》に巻《ま》きこまれて、のろのろとしかすすまなかった。あと三分ほどで店につかなければ、遅刻《ちこく》だ。

「失礼《しつれい》します……すみません……ありがとう……」キャサリンは息をきらしてつぶやきながら、二階へのぼるエスカレーターへと人を押《お》しわけたり、身をかわしたりしながらすすんだ。

「すみません……」キャサリンはエスカレーターで前にいる男性《だんせい》の横をすりぬけようとした。かけあがりたかったのだが、男性《だんせい》は肩《かた》ごしににらみつけた。

「なにをそんなにいそいでるんだね？　こいつが動いていることはわかるだろう？」

男性《だんせい》はピシリといい、そっぽをむいた。どうしてもわきを通さないつもりらしい。

キャサリンは歯を食いしばったが、みんなとおなじのんびりしたペースで、上にはこばれていくしかなかった。

ふいに、ピンクと赤のひらめきがキャサリンの目をとらえた。土曜日に見かけたあの子を思いださせる柄《がら》だ。キャサリンはあたりを見まわし、つま先立ちして手すりのむこうをのぞいた。あの女の子だった。下に、一階にいる。装飾《そうしょく》のほどこされた噴水《ふんすい》のそばに立っていた。

キャサリンは、女の子とわかれたときのことを思いだした——ステラに怒《おこ》られたくなかったから、あの子を店からおいだすような態度《たいど》をとった。おりていってあやまろうか。あんな仕打《しう》ちをしたことがいやだった。『スパークル・アクセサリーズ』の店員たちは鬼《おに》みたいだ、なんて小さな女の子に思われたくない。

「おーい！」キャサリンがよびかけたとたん、エスカレーターは柱のうしろにはいって、視界《しかい》がさえぎられた。一歩さがろうとしたが、ぎっしり人が立っていて、うしろの女性《じょせい》からギロリとにらまれてしまった。前にもすすめない。エスカレーターが柱を通りすぎたとき、女の子はいなくなっていた。

キャサリンはいそいでエスカレーターをおりると、手すりから身をのりだして、下の階にいる女の子を見つけようとした。ピンクの上着はどこにも見えない。キャサリンは肩《かた》をすくめた。善意《ぜんい》をしめしたかったけれど、いま、頭をなやませるほどのことでもない。あと三十秒で店につかなければ、本当に遅刻《ちこく》だった。

火曜日は長くかんじられる日だったが、水曜はさらに長かった。夏休みのため、たくさんの子どもたちがひまをもてあましている。『スパークル・アクセサリーズ』にはいってくる子どもは、かならずといっていいほど、アイスクリームでべたべたの指でスカーフをさわり、ならんだブレスレットをごちゃごちゃにした。

その日のおわりごろ、キャサリンはどこもかしこもいたかった。

カウンターのうしろで立ちっぱなしの足はいたいし、十代の少女たちのうるさいおしゃべりや、やかましい音楽に負けじと声をはりあげたせいでのどもいたい。

頭痛《ずつう》もしていた。いつも少なくとも三人の客を同時に相手にしなければならず、万引きされないよう気をくばり、だいたいにおいてステラを機嫌《きげん》よくさせておかなくてはならないせいだ。

閉店《へいてん》すると、キャサリンはほっとして、家へむかうおおぜいの人々の中に機械的《きかいてき》にまじり、足をひきずるようにして出口へむかった。

ショッピングセンターの出口は、大通りに面している。水曜の夜はどこの店もおそくまでひらいているので、帰るころには外がすっかり暗くなっていた。出口のスライディングドアのガラスは黒くかがやいて見え、キャサリンの背後《はいご》にあるショッピングセンターの明るい内部がくっきりとうつっている。まるでふたりのキャサリンがいて、たがいのほうへと足早に歩いているかのようだ。

キャサリンは自分の姿《すがた》をしげしげと見つめた。肩《かた》までの長さの髪《かみ》が、もっとまっすぐならいいのに。片側《かたがわ》の髪《かみ》が、もう一方の側《がわ》よりちぢれているのが気にいらなかった。歯をむきだして、口紅《くちべに》がついていないかどうかを点検《てんけん》する。まるで、にやにやしているチンパンジーみたい。そう気づくと、キャサリンは心からのほほ笑《え》みをうかべた。またもやピンクと赤のひらめきが目にはいり、キャサリンの笑《え》みは消えた。ガラスにうつったものを見ると、それはすぐうしろにあった。あの女の子が、数メートルしかはなれていないところに立っている。

一瞬《いっしゅん》、ガラスにうつったふたりの視線《しせん》があった。

キャサリンはふいに立ち止まってふりかえった。うしろにいた女性《じょせい》とまともにぶつかる。

「ごめんなさい！」キャサリンはあえいだが、早くも頭をつきだし、女性《じょせい》ごしに女の子の姿《すがた》を見つけようとしていた。「わたしはちょっと……あの……」

「かまいませんよ」女性《じょせい》はいったが、声の調子はそれと逆《ぎゃく》の気持ちをはっきり語っていた。女性《じょせい》はキャサリンをよけて歩きさった。

つかの間《ま》キャサリンは、人ごみにさからってもどろうとした。でも、どちらへいけばいいのかわからない。

ショッピングセンターからでようとする人波に、女の子は飲みこまれてしまった。つま先立ちして首をのばしてみたが、金髪《きんぱつ》の小さな頭も、ピンクと赤の上着も見つけられなかった。

「しっかりしなさいよ、キャス」自分にいい聞かせる。『スパークル・アクセサリーズ』が、ウィンドウ・ショッピングしかしないおさない客をひとりうしなったからって、どうということはない。キャサリンは出口へむきなおり、目の前のドアが横にひらくと、今日もまた仕事場をあとにした。

「オーケー、みんな！　今日は金曜だ！　おどりたい気分だね……」

キャサリンが店にはいっていくと、地元のラジオ局の陽気なノリの放送がながれていた。今度ばかりはキャサリンも、おなじようにウキウキした気分だった。

やっと金曜がきた！　そう、土曜の前の日。週でいちばんいそがしい日の前日にはちがいない。それでも、週末《しゅうまつ》が楽しみだった。

週末《しゅうまつ》は、店の中の雰囲気《ふんいき》がふだんよりもいいし、土曜の夜に、友人のジェニーの家でひらかれるパーティがまちどおしい。

ジェニーにはチャドという、とてもすてきなお兄さんがいる。パーティにいけば、チャドがいるにちがいない……。

その日、キャサリンが最初《さいしょ》に相手をした客は、自分の母親とおなじくらいの年の、とほうに暮《く》れた顔つきの女性《じょせい》だった。「あと二週間で学校がはじまるわね……」女性《じょせい》は話しだした。

そんなこと、知ってるわよ。

キャサリンはうんざりした。

「最悪《さいあく》ですよ！」キャサリンが明るくいうと、女性《じょせい》はにっこりした。

「……それで、むすめの誕生日《たんじょうび》のために、新学期用の品物をなにか買いたいの。もうすぐ十四歳《さい》なんだけれど、なにを買ってやったらいいかさっぱりわからなくて……」

「いつも学校にはどんなものをもっていらっしゃいますか？」キャサリンはたずねた。

「そうね、もちろん、カバンよ。でも、ちょっとみすぼらしくなってきたようだわ」

「では、まずカバンから見てみましょう！」キャサリンはいい、女性《じょせい》をカバンのコーナーに案内《あんない》した。

店内にはほかの客があまりいなかったし、一日のはじめとして申《もう》し分なかった。キャサリンは女性《じょせい》の買《か》い物《もの》のてつだいを楽しんだ。女性《じょせい》は新しいカバンだけでなく、きらきら光る筆箱や、ライラック色のヘアゴム、光沢《こうたく》のあるストライプの表紙のノートも買った。

「あら、こういうペンもいいわね！」女性《じょせい》はいった。

「それはいい考えですね！」キャサリンはひさしぶりに、この仕事がそうわるくない理由を思いだした。女性《じょせい》はクレジットカードでしはらい、何度も礼をいうと、買《か》い物《もの》袋《ぶくろ》をたくさんかかえてでていった。〃お客さんがよろこんでいるときにかぎって、ステラはいないんだから〃とキャサリンは思った。

そのとき突然《とつぜん》、だれかに見られていることをはっきりとかんじた。ふりむくと、ピンクと赤の上着を着た女の子がすぐうしろに立っていた。

「あら、こんにちは」キャサリンはいった。「ひさしぶりね！」

ジョークのつもりだったが、女の子はかたい表情《ひょうじょう》で見あげただけだ。

「それで……」なにをいったらいいかと、キャサリンはすばやく考えた。

またあわてて自分をおいだすつもりだなどと、女の子に思ってほしくない。

「わたしはキャサリンよ」

女の子は、キャサリンの名札《なふだ》をあてつけがましく見つめた。

「あたしは九歳《さい》よ。ちゃんと読めるわ」

九歳《さい》？　キャサリンはちょっとおどろいた。この子を、もう三つほど下だと思っていたのだ。年齢《ねんれい》の割《わり》に小柄《こがら》なのはまちがいなかった。でも、九歳《さい》だって、ひとりでショッピングするにはおさなすぎる。

キャサリンはあたりを見た——店内や、窓《まど》ごしに見えるショッピングセンター内を——この女の子の保護者《ほごしゃ》ふうの大人がいないかと探《さが》す。それらしき人は、見当たらなかった。

「ひとりなの？」キャサリンは明るくきいた。「パパか、ママは？」

女の子は猫《ねこ》の形をした、きらきら光る小銭《こぜに》いれをとりあげ、プラスチック製《せい》のとがったひげを指でなぞった。

「いいの。パパやママのことは気にしないで」女の子は肩《かた》をすくめた。

「ああ、そうね」ほかにどういえばいいかわからず、キャサリンはそう答えた。

女の子は店の中を見まわした。「ここにあるものって、みんなきれい。こんなにきれいなもの、あたしやお姉ちゃんにもあればなあ。でも、ママがもたせてくれないわ」

「それで……お姉ちゃんはいっしょなの？」キャサリンはたずねた。

「ねえ、ちょっと、キャス！」

キャサリンはとびあがった。

仕事をサボっている、としかられるのではないかと思ったのだ。けれども、ステラではなかった。高校の友人のジェニーとヘレンだった。

「いたわね！」入り口からキャサリンを見つけたヘレンは、ジェニーとまっしぐらにこちらへむかってきた。ふたりとも、ジーンズをはいたミサイル、といったかんじだ。

「ああ、キャス。あたしたち、あなたのたすけがぜったいに必要《ひつよう》なの。あたしのパーティのために、どうしてもなにか買わなきゃならないのよ！」

ジェニーは話しはじめた。

キャサリンは、女の子をちらと見おろしてたじろいだ。

さびしげな表情《ひょうじょう》が消えて、怒《いか》りのようなものが顔にうかんでいる。

「あの人たち、なんの用なの？」女の子はきいた。

「あのね、ふたりはわたしの友だちなのよ！」キャサリンはいった。

女の子はつめたくけわしい目つきで、キャサリンを見あげた。「だったら、あの人たちと話せば」か細くて、冷《ひ》ややかな声だった。

いきなり猫型《ねこがた》の小銭《こぜに》いれをスタンドにもどしたかと思うと、キャサリンがなにかいう間《ま》もなく、女の子は店からでていった。むこうから近づいてきたジェニーたちを押《お》しのけながら。

「あの変《へん》な子、だれなの？」遠ざかっていく女の子の背中《せなか》を見ながら、ヘレンがたずねた。

「あの子は変《へん》じゃないわよ、ヘル」キャサリンはいったが、いそいで女の子をかばったことに、自分でも少しおどろいた。なんといっても、ジェニーとヘレンへの女の子の反応《はんのう》は、ちょっと常識《じょうしき》はずれだったにちがいないのだから。

「ただきみしいだけだと思うの。よくこのへんをぶらぶらしてるんだけど、あの子の親を見たことないわ……」

「ねえ、あんたたち。無駄話《むだばなし》はストップ。これは緊急事態《きんきゅうじたい》なのよ！」ジェニーがいった。けれどもキャサリンは、カウンターのそばでひとりの客がうろついていることに気づいた。

「ちょっと、いいかな。あのお客さんの相手をしてこなくちゃ。そこらへんを見てまわって、いいものがないか探《さが》しててよ」キャサリンは提案《ていあん》した。ならんだゴールドとシルバーの口紅《くちべに》をながめているジェニーとヘレンをのこして、レジへいそぐ。

「このヘアバンドを返品したいんだけど」客は説明《せつめい》した。

きらきらしたライラック色のヘアバンドをとりだして、カウンターにおく。「スパンコールがいくつか、ゆるいみたいなの」

キャサリンはしらべてみた。はっきりとはいえないが、ほかほどしっかりと縫《ぬ》いつけられていないスパンコールが、一個か二個《こ》ある。

「すみませんでした」キャサリンはいった。「よろしければ、ほかのおなじ品物とおとりかえしますが？」

「ありがとう、そうしてよ」客の少女は答えた。ほっとしたことに、あまり腹《はら》をたてているふうではない。客がどんなものにこだわるのか、キャサリンにはいつもなぞだった。

新しい商品にとりかえるだけという、単純《たんじゅん》な交換《こうかん》ですみ、少女はすっかり満足《まんぞく》した様子で立ちさった。

店の反対側《はんたいがわ》で、ジェニーとヘレンがあれこれと帽子《ぼうし》をかぶっては、かがみにうつった姿《すがた》を見て歓声《かんせい》をあげていた。なにを買うか決めるまで、かなり時間がかかりそうだ。

キャサリンは手にした欠陥品《けっかんひん》のヘアバンドをひねくりまわし、思案顔《しあんがお》でそれを見つめた。

「あーなーたーと、いないときはー……」月曜の朝、キャサリンはラジオからながれる曲にあわせて歌っていた。小さな脚立《きゃたつ》につま先立ちして、ショーウィンドウの中にある棚《たな》に、香水《こうすい》のびんとネイルグロスのびんを交互《こうご》にならべる。

「……わたしはぬけがらなーのー、だって、あーなーたーはー、たったひとりのー……」週末《しゅうまつ》じゅう、この歌はキャサリンの頭の中で鳴りひびいていた。

それが、最近《さいきん》のヒット曲一位《い》だからというだけではない。パーティで、ジェニーの兄のチャドが、部屋のむこうから自分を見てくれた。

それ以来《いらい》、この歌がながれつづけている——まあ、チャドは友人に会いにでかけちゃったから、話すチャンスもなかったけれど。でも、わたしたちの目が、意味ありげなかんじであったのはまちがいないわ。それからは、チャドのことを考えずにいられなかった。

「お友だち、ここにいるの？」

キャサリンはとびあがった。脚立《きゃたつ》の下に、例《れい》の女の子が立っていた。首をのばしてこちらを見あげている。女の子の目はつめたくけわしかった。「友だち」といったときの口調には、軽べつがこもっているように聞こえた。

「いえ。いないわ」キャサリンは脚立《きゃたつ》からおりた。

これって、『変《へん》な』態度《たいど》になりだしてる、ってことだろうか。

金曜日にヘレンがいったことを思いだしながら、キャサリンは考えた。

この子のいい方は、ヘレンとジェニーにひどく嫉妬《しっと》しているかのようだ。

「そのびん、まっすぐじゃないわ」指さしながら女の子がいった。キャサリンは棚《たな》を見あげ、ネイルグロスのびんの一本が、少し列からずれていることに気づいた。

「ありがとう」キャサリンはいい、ふたたび脚立《きゃたつ》にのぼって手をのばすと、指先でびんを少し押《お》した。

「あの人たち、ずいぶんここにいたわね」女の子は話をつづけた。「あたし、窓《まど》ごしに見てたの。ヘアバンドをもってた女の人も見たわ」

「そう、えらかったわね」キャサリンはいった。

金曜日に、ヘアバンドのことで、ある考えがうかんだ。でもいま、こんなにけんか腰《ごし》の女の子といると、いい思いつきかどうかわからなくなった。ともかく、この子の両親はとても変《か》わっているにちがいない――むすめが何日もひとりで町をうろついても気にしていないらしい。そう思うと、キャサリンはやさしい態度《たいど》をとらずにいられなかった。

「ねえ、ちょっと」キャサリンはいった。ふたたび脚立《きゃたつ》からおりてカウンターへいき、そのうしろへ手をのばした。キャサリンは、ライラック色のヘアバンドをさしだした。「これをあなたにと思って、とっておいたの」ほうっておけば、すてられるだけの品なのだ。

たちまち女の子の表情《ひょうじょう》が変化《へんか》した。目からつめたさが消え、あたたかでやわらかな雰囲気《ふんいき》の、濃《こ》い色の瞳《ひとみ》になった。かがやくような笑《え》みが顔いっぱいに広がる。

「わあ!」女の子は息をのんだ。こわさないかとおそれるかのように、そろそろとヘアバンドに手をのばし、キャサリンの指からそっととった。

「わあ」女の子はもう一度いった。「とってもきれい！　これ、ほんとに、あたしにくれるの？」

「ええ、もちろん……ええ、そうよ。あなたにあげるわ」キャサリンはとても決まりがわるかった。女の子が、これほどうれしそうなせいだけではない。実のところ、このプレゼントはそんなに特別《とくべつ》なものじゃなかったからだ。

単《たん》なる不良品《ふりょうひん》のヘアバンドで、宝石《ほうせき》をちりばめた王冠《おうかん》ではない。女の子の反応《はんのう》は、本当に王冠《おうかん》でももらったかのようだったけれど。

「とってもすてき！」女の子はいった。

「こんなにすばらしいプレゼント、はじめてよ！」

尊敬《そんけい》をこめた目でまじまじと見つめられ、キャサリンは赤くなった。

「ほんとうに、ほんとうにありがとう！」それから女の子はがっかりした顔になった。

「でも、おかえしにあげるものがないわ」

「そんなのいいのよ」キャサリンはあわてていった。「わたしはなにもいらないわ」

キャサリンの胸《むね》はいたんだ。

楽しみのためだけにプレゼントをくれる人が、この子にはいなかったの？

この子はいつも、なにか落《お》とし穴《あな》があると思っていたのだろうか？　――ものをもらったら、おかえしをしなくちゃいけない、って。

キャサリンは秘密《ひみつ》をうちあけるかのように、前かがみになった。女の子はさらにほほ笑《え》みをふかめ、近づいてきた。キャサリンは声を低《ひく》めた。

「ねえ、もうすぐうちの店長がもどってくるわ。あの人は、なにも買わない子どもがうろついているのをいやがるの。でも、店長がいないときだったら、きてもいいわよ」

女の子は、またにっこりした。

「わかった」ヘアバンドをつけると、髪《かみ》を耳のうしろにきちんとかけて、ほこらしげに背《せ》すじをのばす。

「これ、ずうっとつけているね！」

女の子は胸《むね》をはって歩いていった。

キャサリンはあることを思いだした。「まだあなたの名前を知らないわ！」うしろからよびかけた。

女の子はドアのところでふりかえった。一瞬《いっしゅん》、警戒《けいかい》の表情《ひょうじょう》がうかんだ。どういおうか考えているかのように。

「スーザン」ようやくそういうと、女の子はショッピングセンターの中へ消えた。

「これはよし……これもよし……」ステラは気がふれた蜂《はち》みたいに、店内を走りまわっていた。銀行へいく前は、いつもそんなふうになるのだ。「手紙は？　あら、手紙は？　いやだ、あの手紙はどこにおいたかしら……？」

「レジのそばですよ」キャサリンは、とがったへアクリップをわけている箱から目もあげずにいった。そのクリップはあつかいにくくて、しょっちゅう指をつきさす。

「ああ、あった。おくれてしまうわ。バッグはどこ？　バッグはどこにいったの？ああ、ありがとう、ベス……いいわ、二時までには帰ってくるわね。それじゃ……」

ステラは息をきらしていい、ヒールをコツコツ鳴らしながら、いそいででていった。

ベスとキャサリンは顔を見あわせた。ヒールの音が聞こえなくなると、ほっとしてため息をつく。

「ああ、やれやれ！」ベスは大声でいった。「コーヒーでもいれてくる」

ベスは奥《おく》の部屋へ姿《すがた》を消し、キャサリンはクリップの整理をつづけた。

「ベス」キャサリンはよんだ。

「ランチの時間は、ここにあなたひとりでもかまわない？」

「ひとりで、って？」ベスが奥《おく》の部屋の入り口にまたあらわれた。

「秘密《ひみつ》のデートでもあるの、キャス？」

キャサリンが真っ赤になったのに気づいて、ベスは目を見ひらいた。

「うっそー！　あなたが！　ねえ、相手はだれなの？　全部話してよ！」

「べつに……」キャサリンは肩《かた》をすくめたが、〝たいしたことじゃないの〟とはいいたくなかった。すごいことなのだから。

「昨日《きのう》の夜、友だちのジェニーから電話があって、いっしょにランチをとらないか、って……」さりげなくいおうとしたが、自分でも興奮《こうふん》した声だとわかる。

「……それで、お兄さんもくるんですって。彼がわたしにデートを申《もう》しこむにちがいないって、ジェニーはいってるわ！」

「まあ、キャス！」ベスはキャサリンをだきしめた。「すごいじゃない！　もちろん、あなたの分もなんとかするわ。でも、帰ってきたら、なにもかもくわしく話して！　約束《やくそく》よ？」

「約束《やくそく》するわ」キャサリンはにやりと笑《わら》った。胸《むね》がドキドキしている。

三十分後、キャサリンは上着を着てバッグをつかむと、ドアのそばに立ち止まり、リップグロスがちゃんとぬれているか、これで二十回目のチェックをした。

「うまくいくといいわね！」ベスは声をかけ、親指をたてて見せた。キャサリンはほほ笑《え》みかえしたが、興奮《こうふん》のあまり言葉がでなかった。

ドアをあけようとしたとたん、ガラスのむこうからこちらを見ているスーザンに気づいた。頭をかざるヘアバンドの、きらきらしたむらさき色のストライプが、金髪《きんぱつ》にはえている。

けれども、キャサリンの上着とバッグを見るなり、スーザンのほほ笑《え》みは消え、がっかりした表情《ひょうじょう》になった。

ドアをひきあけると、スーザンはキャサリンを見あげた。いまでは無表情《むひょうじょう》になっている。「すごくお話したいことがあるの」スーザンはいった。

「あのね、実は……」キャサリンはきりだし、バッグをにぎる手に力をこめた。ランチデートにいくところなの、と説明《せつめい》しようとする。

スーザンは肩《かた》をすくめて、くるりと背《せ》をむけた。ヘアバンドの下の髪《かみ》は前よりよごれ、上着の肩《かた》のところには油《あぶら》のしみのようなものがついている。「どうでもいい」スーザンはいった。

あまりにも感情《かんじょう》がこもらず、無関心《むかんしん》に聞こえた。この子は失望《しつぼう》させられることになれているのだろうか、とキャサリンは思った。なれすぎている。ジェニー——それにチャド――は、またランチにきてくれるだろう、と自分にいい聞かせた。

「でも、予定はとりやめにできるわ」キャサリンがきっぱりと言葉をつづけたとたん、スーザンの目にかがやきがもどった。キャサリンは携帯電話《けいたいでんわ》をとりだした。

「ちょっとまっててね……」


「それで、なににする？」キャサリンは、つれを見おろしてたずねた。ふたりは一階のサンドイッチ・バーにいた。

万一、ジェニーとチャドにでくわすといけないから、最上階《さいじょうかい》の軽食堂《けいしょくどう》はわざとさけたのだ。ジェニーには、昼休みも仕事してくれとステラにいいつけられてしまったの、と説明《せつめい》した。約束《やくそく》をすっぽかしたのは九歳《さい》の女の子のためだなんて、知られるわけにいかない。

キャサリンはこうしているいまも、最上階《さいじょうかい》にいたかったという気持ちでいっぱいだった。ジェニーやチャドとランチをとっているのなら。でも、スーザンはひどくみじめに見えた。それに、話したいことがあるといったのだ。きっとなにか重大なことがおきているにちがいない。

スーザンは、元気をとりもどしたようだった。「チョコレートシェイク」満足《まんぞく》そうにいう。

「チョコレートシェイクをふたつちょうだい」

キャサリンは、カウンターのむこうの女性《じょせい》にいった。

「はい、どうぞ」しばらくして女性《じょせい》がいい、グラスをふたつと、スーザンのためのクッキーを一枚《まい》さしだした。女性《じょせい》はキャサリンにおつりをわたして、スーザンにほほ笑《え》みかけた。「まあ、きれいなヘアバンドね！　お姉ちゃんにもらったの？」

キャサリンはスーザンを見おろした。目があい、ふたりはくすくすと笑《わら》いはじめた。女性《じょせい》のまちがいをただすこともなく、ふたりはテーブルにむかった。

「あたし、キャサリンみたいなお姉ちゃんがいればいいなって、いつも思ってたの」

腰《こし》をおろすと、スーザンはいった。

「まあ、ありがとう。でも、ちょっとまって――あなたにはお姉さんがいるんじゃなかった？」キャサリンは面食《めんく》らってたずねた。

スーザンは肩《かた》をすくめると、クッキーを指のあいだでこなごなにしはじめた。

「ねえ、スーザン」キャサリンはもう一度いってみた。「だれがあなたのめんどうを見ているの？　ママはどこなの？　パパは？」

スーザンはかすかにほほ笑《え》んだが、クッキーから顔をあげなかった。いまでは、形になっているクッキーよりも、かけらのほうが多い。スーザンはチョコレートチップをつまみはじめた。それを皿のまわりにずらりとならべる。「自分で自分のめんどうは見られるもん」スーザンはいった。

「それはわかるけれど……」キャサリンはいった。

スーザンは音をたててストローでチョコレートシェイクを飲みほすと、いすからすべりおりた。「とってもおいしかった。ねえ、明日もいっしょに食べられる？」

キャサリンはため息をついた。

もし、家庭になにか問題がおきているとしても――両親が離婚《りこん》するところだといった、ごくありがちなことかもしれないけれど――スーザンはまだその話をしたくないらしい。ひょっとすると、いっしょにいる友だちがほしいだけかもしれない。自分はもとめられていると思わせてくれる人が。

とにかくこのせいで、チャドとのデートはだめになってしまった。

「いいわよ」キャサリンは、無理《むり》やりほほ笑《え》んでいった。「今日とおなじ時間に、お店にきてちょうだい。いつもそのころまでに、ステラはでかけるから」

「わかった、いくね!」スーザンははずかしそうな笑《え》みをむけると、ピンクと赤の上着をきて、人ごみの中に消えていった。

「ねえ! ちょっと! こっちへきてよ!」キャサリンは、はっとしてわれにかえった。その客はトニ・パーカーだった。おなじクラスの少女だが、つきあいはない。トニは、キャサリンの顔の前で両手をふって注意をひいた。

「わるいけれど、わたしは――」

「あなたがなにをしてても、どうでもいいわ。これは重要《じゅうよう》なことなのよ」トニはピシリといった。キャサリンはムッとして、熱《あつ》い陽光の下で口紅《くちべに》がとけるように、つくり笑《わら》いが消えるのをかんじた。「見てよ。このバッグったら、ぜんぜん役たたずなの。小さすぎて財布《さいふ》ははいらないし、携帯《けいたい》電話もはいらない、これって――」

「これはパーティ用のバッグよ」キャサリンは指摘《してき》した。

「おしゃれのためにもつだけ」

「じゃあ、携帯《けいたい》はどこにいれたらいいのよ?」トニは文句《もんく》をいった。「ねえ、もっと大きなバッグと交換《こうかん》したいわ。でも、差額《さがく》をはらうつもりはぜったいにないからね」

キャサリンの昼休みが、もうすぐおわるところだった。スーザンは影《かげ》も形も見えない。おそらくなにかのせいか、だれかのせいでこられなくなったのだろう。もしかしたら、とうとう両親のどちらかに責任感《せきにんかん》がめばえたのかも。それとも、子どもの注意力は長つづきしないから、スーザンもただわすれてしまったのかもしれない。

キャサリンは腹《はら》をたてまいとした。さみしそうな女の子と、ちょっとしたきずなをつくったようにかんじたけれど、こっちの一方的《いっぽうてき》な思いこみだったのかも。〝スーザンはどこにいるのよ?〟

「あたしの話を聞いてないでしょう?」トニはいった。

「あんたって役たたずね、キャス!」

そのとき、客への対応《たいおう》のわるさの苦情《くじょう》が聞こえたかのように、ステラがあらわれた。

「あら、キャサリン。すべて順調《じゅんちょう》かしら?」

「あなたが店長さん?」トニがきいた。

「あなたならたすけになってくれそう」トニは、カウンターにのった問題のハンドバッグをステラのほうへ押《お》しやった。

キャサリンはもうたくさんだった。おなかがすいている。それに、たったいま頭にうかんだのだが、もしかしたらスーザンは混乱《こんらん》したのかもしれない。この店ではなく、昨日《きのう》とおなじサンドイッチ・バーで会うのだと思った可能性《かのうせい》がある。いまもそこでまっているかもしれない。自分がわすれられてしまったのかと考えながら……。

「ちょっとでかけてきます、ステラ」

キャサリンはいい、カウンターの下においたバッグに手をのばした。

ステラは、あぜんとしてキャサリンを見つめた。「キャサリン、あなたの昼休みは一二時半から一時半までよ。いまはもう……」腕時計《うでどけい》をちらと見る。「……一時三七分。だから、でかけるなんてだめよ」

「でも、わたしのかわりをしてくれるって、ベスがいいました!」昨日《きのう》、実際《じっさい》にあったことを、ベスにつげるだけの度胸《どきょう》がキャサリンにはなかった。だから、直前でチャドがこられなくなった、と話した——そこで、今日会うことになった、と。ベスはふたつ返事でキャサリンの仕事をひきうけてくれた。

ステラは腕組《うでぐ》みしている。そのうしろで、トニが気どったにやにや笑《わら》いをうかべていた。

「ベスがかわりをひきうけていいのは、あなたにみとめられた昼休みのあいだよ」ステラは説教《せっきょう》した。

「でも、あなたがサボるためだけに、そんなことするのはゆるされないわ」

〝サボる、ですって！〟キャサリンはわめきたかった。〝わたしはここで奴隷《どれい》みたいに働《はたら》いてるのに、文句《もんく》をいったこともないのよ。なのに、サボっているというの？〟

「おねがい、ほんの二、三分でいいんです！」キャサリンは食いさがった。「昼休みのあいだずっと働《はたら》いたんですよ。だから少しは権利《けんり》が……」

「あのね、あなたは昼休みをとればよかったのよ。わたしは血もなみだもない雇《やと》い主じゃありませんからね、キャサリン。当たり前のことを期待しているだけなの。さあ、上着をおいて、仕事にもどってちょうだい。ランチの時間がおわれば、いそがしくなるんだから」

キャサリンはためらい、もう少しであきらめそうになった。でも、期待してまっているスーザンを思うと、たえられなかった。

おそらくあの子は、閉店《へいてん》までサンドイッチ・バーにいるだろう。もうすぐキャサリンがあらわれる、と自分にいい聞かせながら。そうでなくてもスーザンは、これまで何度も裏《うら》ぎられてきたにちがいなかった。あの子をさらに失望《しつぼう》させる権利《けんり》なんて、わたしにはない。

「たった二、三分ですみますから」キャサリンはいい、ドアへむかった。

「キャサリン！」背中《せなか》になげられたステラの声はするどかった。「いまでていくなら、あなたをクビにするしかないわね」

キャサリンの決意はゆらいだ。でも、ひとりぼっちで、がっかりしているスーザンの姿《すがた》で頭の中はいっぱいだった。キャサリンは上着をつかむと、店の外へでていった。

ステラが本当にわたしをクビにするはずはない。いまは夏休みの真ん中、店がいちばんいそがしい時期なのだ。ステラにたえられそうなだれかを、急にやとうなんて無《む》理《り》でしょう？

サンドイッチ・バーについたが、スーザンの姿《すがた》はなかった。キャサリンはひそかにののしりながら、店にもどった。そして、ステラが本当に自分をクビにしたことを知ったのだった。

〈ハイ、キャス！　スペインはもうサイコー！　男の子がうんとたくさんいるわ！　ヘルのパパったら、あたしたちを博物館《はくぶつかん》につれていくつもりなの。でも、今夜は**クラブ**へいくのよ！　愛《あい》をこめて、ジェンとヘル〉

「みんなはスペインで楽しんでいるの？」朝食のあとかたづけをしながら、キャサリンの母親がたずねた。キャサリンがクビになってから一週間になる。いつもなら、いまごろは店にはいって一時間近くがたつころだ。そして、コーヒーを飲んでペストリーを食べる最初《さいしょ》の休憩《きゅうけい》にいこうかと、考えているだろう。

「わからない」キャサリンはつぶやいた。絵ハガキをテーブルにほうりだして、紅茶《こうちゃ》をすする。夏休みがはじまったころ、ジェニーとヘレンから旅行にさそわれた。ヘレンの両親が貸別荘《かしべっそう》を予約《よやく》したのだ。でもキャサリンは『スパークル・アクセサリーズ』

のバイトをはじめたばかりで、ずっと働《はたら》くことになると思ってさそいをことわった。

「まあ、落ちこんでいてもはじまらないでしょう」母親はいった。「つきあうお友だちをほかに探《さが》せばいいわ」

「友だちなら、ほかにもいるわよ」キャサリンはぴしゃりといいはなった。考えなしにそういったものの、会いたい人は特に思いつかなかった。もしかしたら、『スパークル・アクセサリーズ』で働《はたら》きすぎたのかもしれない。最近《さいきん》、ほかによく会っていたのはひとりだけだ……。

「スーザンという女の子に出会ったの」キャサリンはいった。

スーザンの年齢《ねんれい》は、口にしないように気をつけながら。

「まあ、よかったわね！　うちに招待《しょうたい》したら？」

「うーん……」そんなことは考えもしなかった。おもな理由は、九歳《さい》の女の子を家にまねいていっしょにすごしたいと思わなかったことだが。どっちみち、スーザンがどこに住んでいるかも知らない。「それはだめだわ。彼女の電話番号を知らないから」

「じゃ、それほど仲《なか》がいい友だちでもないのね」母親は答えると、ぬれぶきんでテーブルをてきぱきとふいた。

キャサリンは、トーストをもてあそびながらだまっていた。この新しい友人についてはあまり話したくない。これまで両親にうまくうそがつけたためしはなかった。自分が昼休みに幼稚園《ようちえん》でもうろついていたような印象《いんしょう》を、母親にあたえる羽目《はめ》になるだけだ。

つまり、スーザンのことはなにも考えないのがいちばんいい。ステラのことも。お金がなくなりつつあることも。間《ま》もなく、ジェニーやヘレンと高校にもどる。そうすれば、このゆううつな夏休みのことなど思いだしもしなくなるだろう。

「あなたはもう少し外へでたほうがいいわね」母親はきっぱりといった。

「ねえ、まだ学校の教科書を買ってないんでしょう？　みんなが買わないうちに、本屋へいってきたら？　心配いらないわ。お金ならかしてあげるから」

キャサリンは、食べのこしのトーストを皿においてたちあがった。

そうね。ほかにやることがあるわけじゃないし。「ありがとう、お母さん」

まったく変《か》わっていないショッピングセンターを見ると、妙《みょう》な気持ちがした。たった一週間しかたっていないのだと、キャサリンは思いださずにいられなかった。混雑《こんざつ》したエスカレーターに乗る――今度ばかりは、じっと立ったままはこばれていくのにまかせた――と、母親の思いつきもまんざらわるくないと思った。

にぎやかで陽気な雰囲気《ふんいき》のおかげで、早くも気分がよくなっていた。それに、店員としてではなく、客としてここにいるのはすてきだった。

エスカレーターで三階にあがっていくとき、『スパークル・アクセサリーズ』をちらと見やった。たぶん、まだあそこにはいけそうにない。さいわいにも、本屋はその上の階にあったし、そこでステラにでくわす心配もあまりなかった。ステラが読む本といったら、宅配便《たくはいびん》のフェデックスでとどけられる、『小売店経営《こうりてんけいえい》で成功《せいこう》するための方法《ほうほう》』とか『トップのための店舗経営《てんぽけいえい》：勝利《しょうり》する火の玉商法《しょうほう》！』といった題名の本ばかりなのだ。

キャサリンは立ち止まり、書店のショーウィンドウにならべられた本にざっと目を走らせた。好《す》きなシリーズの本を二冊《さつ》買えば、もう一冊《さつ》をただでもらえることになっている。

母からかりたお金でこの本まで買えるだろうかと計算していたとき、キャサリンははっとして顔をあげた。

またただ——赤とピンクのものが、ガラスにうつった人ごみの中にひらめいた。一瞬《いっしゅん》、スーザンが見えた。さほどはなれていないところに立ち、だまってこちらを見つめている。キャサリンは体をかたくし、目をとじてうめいた。

「どこかへいってよ」キャサリンはつぶやいた。「いいから、どっかへいっちゃって。あなたのせいで、さんざんな目にあったわ」目をあけると、もうスーザンの姿《すがた》はなかった。キャサリンはほほ笑《え》んだ。自分が大げさに反応《はんのう》しすぎだとは、思うまいとした。

もしかしたら、あれはスーザンじゃなかったのかも。ピンクと赤の上着が、世の中に一枚《まい》しかないわけではないし。スーザンのことを考えていたからそう見えただけよ。

「キャサリン！」

だれかに手をつかまれ、キャサリンはやっと悲鳴《ひめい》をおさえた。まるで先週のことなどなかったかのように、スーザンがキャサリンの腕《うで》にしがみつき、むこうへひっぱっていこうとしていた。

「キャサリン、おねがい、きて！」キャサリンがなにもいわないうちに、スーザンはあえぎながらいった。

かん高い声には切迫《せっぱく》したひびきがあり、まるで泣《な》いていたかのように目が真っ赤だ。スーザンはふたたびキャサリンの手をひっぱった。もどかしさのあまり、いまにもとびはねそうだ。「早く！」

「スーザン、わたしは……」キャサリンの声はなすすべもなく、尻《しり》すぼみに消えた。

「あなた、どうしてたの？」

「おねがいよ！」スーザンはひたすらねがった。

「きてちょうだい！　ローラをたすけにきて！」

「ローラ？」キャサリンはおうむがえしにいった。「ローラって？」スーザンの口調にこもったなにかが、これは子どもっぽいゲームでないことをつげていた。それに、こうしてもっとよく見ると、スーザンは以前《いぜん》よりもほったらかしにされているかんじだった。相変《あいか》わらずライラック色のヘアバンドをつけているが、だらりとたれた金髪《きんぱつ》は、油《あぶら》じみたネズミのしっぽのようだ。それに――キャサリンはうたがわしげに目を細めて見た――上着には、赤いしみのようなものがこびりついている。血だろうか？

「ローラはあたしのお姉ちゃんよ！　おねがい！　ローラが……あたしじゃだめなの……なんとかしなきゃ……」スーザンはとりみだして口ごもり、言葉がとぎれた。両手を顔に押《お》し当てる。

キャサリンは決心した。スーザンがたすけを必要《ひつよう》としているのはまちがいない。それがなんだろうと、緊急事態《きんきゅうじたい》らしい。家庭内の事故《じこ》がキャサリンの心にうかんだ。保《ほ》護者《ごしゃ》の目がいきとどかない子どもにおこりそうなこと――なべにはいった熱湯《ねっとう》でやけどしたとか、重い家具がたおれてきたとか……。

「わかったわ」キャサリンは本屋に背《せ》をむけると、ローラのべたついた小さな手をとった。「案内《あんない》してちょうだい」ふたりはエスカレーターへといそいだ。「ローラはどこなの？」

「ローラが大変《たいへん》なの」スーザンはすすり泣《な》いた。

「そうね。でも、どこに……」

「とても大変《たいへん》なの」

キャサリンはあきらめた。スーザンは動揺《どうよう》していて、まともに話せそうになかった。あせらずにまって、自分がそばについていることをスーザンにしめすしかない。そうすれば、なにもかもわかるだろう。

半分歩き、半分走るようにして駐車場《ちゅうしゃじょう》を横ぎるとき、キャサリンは上着のボタンをとめた。だが、八月にしてはすずしい日だというのに、暑《あつ》くなりはじめたので、またボタンをはずした。スーザンが住んでいるところはまだわからない。いったいどこまでいけばいいのだろう。というより、ずっと走らなくてはならないのだろうか。

「キャサリンがいなくて、本当にさみしかった」スーザンはいった。声がふるえている。「どこにいってたの?」

「どこに、って……?」キャサリンはひどくおどろき、ちょっと速度を落とした。スーザンに手をひっぱられて、また足を速める。「あのお店をやめなければならなかったの」少しして、キャサリンはいった。クビにされたなんていっても、スーザンには理解《りかい》できないだろう。

それに、いくらかは自分のせいだなどと、スーザンに思ってほしくなかった。

ふたりは町の真ん中を走りぬけた。歩くのがおそすぎる歩行者をよけて、道を大いそぎで横ぎり、あやうく車にぶつかりそうになった。

キャサリンは、自分が住んでいる地域《ちいき》から、かなりはなれた町のはずれにむかっていることを知った。少なくとも一キロ半はきたはずだが、スーザンは気にしているふうでもない。息づかいがあらくなってすらいないようだ。〝ローラのことが本当に心配なのね〟とキャサリンは思った。

十分後、ふたりは公園につき、上に鉄道が走っている土手の下を通る小道をかけぬけた。

「パパやママはどこなの?」むこう側《がわ》にでると、キャサリンは息をはずませながらきいた。「ローラが大変《たいへん》なことになってるって、パパやママは知っているの?」ふたりはキャサリンが見たこともない道にいた。両側《りょうがわ》には二戸建《にこだ》て住宅がならんでいる。

「パパとママは家にいないの——もういないわ」スーザンはいった。そう聞いても、なぜかキャサリンには意外でもなかった。

「ねえ」キャサリンはかさねてきいた。「ローラにどんなこまったことがおきたか、まだ話してくれてないわね……」

スーザンの目に、ふたたびなみだがあふれた。

「ローラはとっても大変《たいへん》なの!」スーザンは泣《な》きさけんだ。

「そう」キャサリンはいったが、いらだちをかんじはじめていた。

「でもね……まだわからないんだけど、あなたのパパやママはいったい……」

スーザンは急に立ち止まった。「ここよ」スーザンの声はとても落ちついていた。

ふたりは二本の道路がまじわる角にいた。通りからひっこんだところにたつ、やや古びたレンガ造《づく》りの三階建《かいだ》ての家に、砂利《じゃり》をしいた私道《しどう》がつづいている。広い庭はしげみや木々にかこまれ、傾斜《けいしゃ》が急な屋根の両はしには、こった装飾《そうしょく》がついていた。

「わあ」キャサリンは息をのんだ。つかの間《ま》、ここへきた理由をわすれていた。「ここに住んでるの？」

スーザンは早くも砂利《じゃり》をふみしめながら、私道《しどう》をかけだしていた。ちらっとふりかえっていう。「早く！」スーザンの声はふるえ、いまにも泣《な》きだしそうだった。ほんの少し前は、完全《かんぜん》に落ちついているように見えたのに。キャサリンはいぶかしく思った。子どもだとはいえ、スーザンほど感情《かんじょう》のうきしずみがはげしい人間を見たことがない。キャサリンは、スーザンのあとにいそいでつづいた。

幅《はば》のせまい石造《いしづく》りの階段《かいだん》が、ステンドグラスのはまった、正面玄関《げんかん》のドアに通じていた。

「裏《うら》にまわらなくちゃ」スーザンはいい、家をとり巻《ま》く細い道に消えた。キャサリンはいくぶん落ちつかない気持ちで家を見あげたが、かけていくスーザンの足音をおった。どの窓《まど》も真っ黒によごれていて、中になにがあるのかまったく見えない。庭は雑草《ざっそう》がのびほうだいで、ほったらかしのようだ。

スーザンの両親どころか、そもそもここに人が住んでいることが信《しん》じられなかった。キャサリンは胸《むね》がドキドキしはじめた。

本当にここは、スーザンの家なの？　不法侵入《ふほうしんにゅう》をとがめられて、いまにもおいだされるのではないかという思いをふりはらえない。

家の裏《うら》にあった勝手口のドアは、緑色にぬられた、ありふれた木製《もくせい》のものだった。半びらきになっていたそのドアから、スーザンはふりむきもせずに中へはいった。キャサリンは敷居《しきい》のところでためらった。他人の家へ、ただだまってはいっていくわけにもいかない。「こんにちはー?」キャサリンは声をかけた。「キャサリンといいます。スーザンといっしょに……」ドアに手をかけてさっとあけた。キャサリンは息をすいこみ――〝さあ、やっちゃやたわ! これで正式な侵入者《しんにゅうしゃ》よ!〟――さらにもう一度息をすうと、中にはいっていった。

「こんにちはー?」またよんでみた。そのとたん、キャサリンは立ちすくんだ。

「うわ……これって……」

キッチンはひどいありさまだった。シンクにはよごれた食器《しょっき》がつみかさねられていた。食べもののカスがこびりついた皿は、きたない灰色《はいいろ》の水に半分つかっている。タイルばりの床《ゆか》は泥靴《どろぐつ》のあとが一面につき、物がくさったようなにおいがただよっていた。まるで、ゴミ箱のふたをあけっぱなしにしているかのように。

テーブルにおかれた皿には、形がふぞろいのジャムサンドイッチがいくつかのっていた。その横に大型《おおがた》のキッチンナイフがある。サンドイッチのひとつには、かじったあとが小さくついていた。

「家じゅうこんなふうなの？」キャサリンはゾッとしてたずねた。これは社会福祉機《ふくしき》関《かん》にまかせなければいけないようなケースだ。スーザンの両親はいそがしすぎて、むすめのめんどうを見ないのだろう、とは思っていた。でも、こんなにひどいなんて。

ここまで子どもをほったらかしておくなんて。キャサリンが夢《ゆめ》にも思わなかったほどの事態《じたい》だった。

「ローラはこっちよ」スーザンはいった。奥《おく》の戸口に立って、手まねきしている。

キャサリンはくちびるをかんだ。状況《じょうきょう》は手におえなくなりはじめていた。

もし、父親か母親が帰ってきたらどうするの？　わたしはうまくきりぬけられる？　親たちは暴力《ぼうりょく》をふるうだろうか？　キャサリンには、新聞の見だしが目にうかぶようだった。「警察《けいさつ》は、十六歳《さい》のキャサリン・ウラムズの行方《ゆくえ》を捜索中《そうさくちゅう》。彼女は昨日《きのう》から行方《ゆくえ》が知れなくなり……」

スーザンの下くちびるがふるえはじめた。「おねがい、キャサリン、いそいで！」

まるで映画《えいが》の中にでもいるように、ちょっと現実《げんじつ》ばなれしたかんじを味わいながら、キャサリンはすすんだ。洗たくものであふれているかごを通りすぎる。しめった、かびくさいにおいがした。

スーザンはキャサリンの先に立って短いろうかを通り、玄関《げんかん》ホールへいった。玄関《げんかん》のドアの両側《りょうがわ》にある大きな窓《まど》から、陽《ひ》の光がさしこんでいる。かつてはかなり豪華《ごうか》な場所だったにちがいないが、いまではみすぼらしいだけだ。キッチンほどひどくはない。でも、キャサリンがテーブルの表面を指でなぞると、つもって層《そう》になったほこりにはっきりとあとがついた。

玄関《げんかん》ホールには羽目板《はめいた》がはられ、タイルの床《ゆか》を歩くキャサリンの足音が大きく、心臓《しんぞう》の鼓動《こどう》のように反響《はんきょう》した。家がせまってくるようなかんじがする。窓《まど》は目となって、キャサリンのあらゆる動きを見はっている。階段《かいだん》は大きく口をあけて、キャサリンを飲みこもうとしていた。

スーザンは階段《かいだん》の下のかべにつくりつけられたドアのところで立ち止まった。木製《もくせい》のドアに手を当てている。

「ローラはこの中にいるわ」スーザンは目を見ひらき、小声でいった。

「ここにとじこめられちゃったの」

「階段《かいだん》の下に？」キャサリンには信《しん》じられなかった。

いや、キッチンがあんな状態《じょうたい》だもの。本当かもしれない。

「このドアは地下室につながっているの」スーザンはけんめいに説明《せつめい》した。そのほうが、戸棚《とだな》にとじこめられるよりはましだといわんばかりに。スーザンのほほを大きななみだがころがり落ちた。「ローラはわるい子だから外にだしちゃだめだって、ママがいうの。みんなにけがをさせるからって」

「わるい子？」キャサリンは言葉につまった。

暑《あつ》さと寒さを一度にかんじる。突然《とつぜん》、非現実的《ひげんじつてき》な気分が消えさり、キャサリンは自分がいま、本当にここにいるのだとかんじた。なんともいえない恐怖心《きょうふしん》にとらえられ、息がくるしくなり、肌《はだ》はべたべたする……。

「ローラとあたしは双子《ふたご》なの。ママとパパはローラのことを嫌《きら》ってる。おトイレをきれいにつかえなかったから」スーザンは泣《な》きはじめた。小さな体をふるわせながら。

「でも、ローラはわるくない。それに……それに……あたしはキッチンをきれいにするつもりだったの。きれいにできなかったけど。だから、あたしもわるい子だっていわれちゃう。もうすぐ帰ってくるから、そしたら……」

ここには本当に邪悪《じゃあく》な雰囲気《ふんいき》がある。いえ、邪悪《じゃあく》なものがもうすぐもどってくるのだろう。この子の両親が帰ってきたら……。

「ママはカギをかくしちゃったの。どこにあるかわからない」スーザンはつぶやいた。

「ローラを外にだしてあげようとしたけれど、あたしじゃドアがあけられないの！」

「ええ、わかったわ」キャサリンはやさしくスーザンを押《お》しやると、地下室へつづくひんやりした木製《もくせい》のドアに顔を押《お》し当てた。声をはりあげる。「ハロー！　ローラ！聞こえる？」

しばらくなんの音もしなかった。キャサリンに聞こえるのは、自分の頭の中でどくどくと血がながれる音だけだ。大きなこの家はしずかだった——でも、なぜか生命をもち、キャサリンをじっと見ているかのようだ。行動をおこすのをまっている。

キャサリンはもう一度よんだ。やはり返事はなかったが、よくよく耳をすますと、かすかになにかをひっかく音が聞こえた。

だれかが動きまわっているのだろうか？

「ここにスーザンがいるのよ」キャサリンはよびかけた。

「ドアをあけるわね。いい？」

うしろにさがって、ドアをしらべた。頑丈《がんじょう》そうだ。カギ穴《あな》はドアの取っ手の下にあった。カギ穴《あな》も取っ手も、おなじ一枚《まい》の金属板《きんぞくばん》の上にとりつけられているらしい。その板はネジでドアにとめられていた。

「スーザン、どこかにネジまわしはある？」キャサリンはたずねた。こうして実際《じっさい》に行動しはじめると、さっきよりも冷静《れいせい》になれた気がする。こんなところ、ただのガランとした家にすぎない。びくびくする理由なんてないのだ。

スーザンは真っ赤な目をぱちくりさせた。

「キッチンにあると思うわ」スーザンはいった。

きた道をもどってキャサリンを案内《あんない》し、戸棚《とだな》のひきだしをあけた。どうやらいろんな日用品がしまってあるひきだしらしい。金づち、プラグ数個、ヒューズ数本、ジャムの空きびんいっぱいの釘《くぎ》。そしてまさに、しっかりしたネジまわしがはいっていた。

キャサリンはネジまわしをとりだし、手の中で重さをたしかめた。

ふたりは玄関《げんかん》ホールにひきかえした。キャサリンはドアのそばにひざをついた。中にとじこめられている小さな女の子に話しかけていたかった。もうひとりぼっちじゃないし、すぐにたすけだされるのだとつたえたい。

「オーケー、ローラ」キャサリンは声をかけた。「これからカギをはずすわね」

ネジは長いあいだとめられていたらしく、上にはペンキがぬられていた。ネジまわしをさしこむには、それぞれのネジのみぞから、かわいてべたつくペンキをけずり落とさねばならない。

ネジまわしをにぎった手が汗《あせ》ばむので、ペンキをけずるたびにキャサリンはジーンズで手をぬぐった。目のすみから見やると、スーザンはとびはねながらそばをうろうろしている。

キャサリンはネジをまわそうとためした。ネジまわしの先端《せんたん》がいきなりすべり、はっと息をのんだ。ドアにかき傷《きず》ができた。キャサリンは歯を食いしばって、またやってみた。今度は、ネジまわしの先がネジにおさまってまわった。

キャサリンはいそいでネジをひきぬき、スーザンにわたしてもたせておいた。それからつぎのネジに注意をむけた。

ネジは全部で四本だった。キャサリンがひとつひとつネジをはずすあいだ、スーザンはだまって見守っていた。

それからキャサリンは、金属板《きんぞくばん》と木のドアのあいだにネジまわしをさしこみ、金属《きんぞく》板《ばん》をもちあげた。

金属板《きんぞくばん》はゆっくりとドアからはがれはじめ、掛《か》け金《がね》があらわれた。それもネジをはずさなければならなかったが、さほど時間はかからなかった。てこの要領《ようりょう》ではずすと、掛《か》け金《がね》は床《ゆか》に落ちてガチャンと音をたてた。

キャサリンはドアを見つめ、無理《むり》やり深呼吸《しんこきゅう》した。ローラはこのむこう側《がわ》、すぐ近くにいるのだ。

ドアをあけたら、どんなものが見えるのだろう？　これ以上《いじょう》、先になんかすすみたくない。

でも、ローラはもちろん、スーザンも自分を必要《ひつよう》としている。だからキャサリンは、スーザンにむかって雄々《おお》しくほほ笑《え》んだ。

「もうすぐよ。なにもかもうまくいくわ」

キャサリンはドアを押《お》した。よく油《あぶら》をさしてある蝶《ちょう》つがいを軸《じく》に、ドアはさっとひらいた。のぞきこんでみた。木製《もくせい》の階段《かいだん》のてっぺんの数段《すうだん》だけが見え、その先は暗闇《くらやみ》の中につづいている。

「ハロー？」キャサリンはそっとよびかけた。「ローラ？　こわがらないで。わたしはスーザンの友だちよ」

ものをひっかく小さな音がまた聞こえないかと、息をとめてまつ。相変《あいか》わらずなんの返事もないが、だれかが動きまわっている音はまぎれもなく聞こえた。

「キャサリンがいかないと、ローラはこないよ」スーザンの声がして、キャサリンはとびあがった。スーザンはすぐとなりに立っていた。あまりに近いので、腕《うで》にスーザンの息がかかるのがかんじられるほどだ。

「あたしたちのママにいわれて、キャサリンがきたと思ってるから」

キャサリンはうたがわしげにまゆをあげたが、スーザンはうなずいた。

「わかるの。だって、あたしたちは双子《ふたご》だもん」

キャサリンは明かりのスイッチがないかと見まわしたが、そんなものはなかった。

「スイッチは下にあるの」スーザンがいった。

「やれやれ」キャサリンは暗がりをのぞきこんだ。

まあ、ここまできてしまったんだもの。もうあともどりはできないわね。

「いいわ、ローラ。そっちにおりていくわね」キャサリンはよびかけると、ぐらぐらする木製《もくせい》の階段《かいだん》をゆっくりくだりはじめた。

空気はほこりのにおいがして、しめっぽかった。階段《かいだん》が足の下できしんでいる。でも、立ち止まると、シクシク泣《な》いている声が聞こえるように思えたので、先をいそいだ。

運動靴《うんどうぐつ》の下にかたい石の感触《かんしょく》があり、階段《かいだん》の下についたことがわかった。明かりのスイッチをもとめて、キャサリンはかべを手さぐりした。指先にスイッチがふれたので、ぱちんと押《お》してみたが、電気はつかなかった。

玄関《げんかん》ホールからさしこむ光で、スイッチの横の棚《たな》に小さな箱いりマッチと、ろうそくのもえのこりがあるのが見えた。キャサリンはマッチを三度すって、やっとろうそくに火をつけた。黄色い光が、ふるえる三角形となって広がった。

地下室はむきだしでガランとしていた。かつては白くぬられていたかべも、いまは黒くよごれている。いちばん奥《おく》に、影《かげ》に飲みこまれるようなかんじで、小さな女の子が立っていた。服はボロボロで、髪《かみ》はもつれてよごれていたが、顔はスーザンとうりふたつだった。

女の子は恐怖《きょうふ》に目を大きく見ひらき、こちらをにらんでいる。

「こんにちは、ローラ」キャサリンは声にありったけのやさしさとはげましをこめた。

一歩前にすすむと、たちまちローラは一歩あとずさった。キャサリンは立ち止まった。

「だいじょうぶ」キャサリンはなだめた。

「わたしはスーザンのお友だちよ。あなたをだしてあげるためにきたの」

ローラの胸《むね》が上下しはじめた。

口を動かしたが、キャサリンには言葉が聞きとれなかった。

そのときキャサリンは、つめたい指でのどをつかまれたかのような恐怖《きょうふ》におそわれた。ローラのすぐうしろに、暗がりにかくれるようにして、ごつごつした長い物体がふたつ、床《ゆか》にならんでいる。人間の大人のように見えた。

ねむっているかのように……。

キャサリンは精一杯《せいいっぱい》目をこらして、暗闇《くらやみ》をのぞきこんだ。まさか人間がふたり、ねむっているなんてはずはない。地下室に押《お》しいるため、死人さえも目をさますほどの音をたてたのだから……もっとも、目をさまさせはしなかったわけだ。

どれほどの騒音《そうおん》だろうと、本当に死んだ人をおこすことはできないのだから。

ローラをここからださなければならない。それもすぐに。

「ねえ」キャサリンはいった。

「上でスーザンがまっているわ。いっしょに上へいって、それから――」

まるで顔からはみだしそうなほど目を大きく見ひらき、ローラは片手《かたて》をゆっくりとあげた。その手ににぎられたものがわかると、キャサリンはゾッとしてまじまじと見つめた。古めかしい型《かた》の安全錠《あんぜんじょう》。地下室のドアにぴったりあいそうだ。

「そのカギは……？」キャサリンは質問しかけた。

「どうして、あの子を中にいれたの？」ローラは金きり声をあげた。声がまわりのかべに反響《はんきょう》し、キャサリンはひるんだ。

「ここにいれば安全だと思ったのに！」

キャサリンはまゆをよせた。「どういうこと?」そうたずねたが、ローラは聞いていなかった。キャサリンのすぐうしろのなにかをじっと見つめている。

キャサリンはふりかえり、それがなにかを知った。

キャサリンのすぐ上の階段《かいだん》に、スーザンが立っていた。憎悪《ぞうお》がこもったつめたい表情《ひょうじょう》をうかべ、キッチンナイフをにぎっている。サンドイッチの皿の横で、キャサリンが見かけたナイフだった。刃《は》は真っ赤なものでぬれていた。

スーザンはナイフをふりあげた。

「いろいろありがとう、キャサリン」スーザンはささやいた。

第三話

だれかいるの？

Is Anybody There?

舞台《ぶたい》の奥《おく》には、行方不明《ゆくえふめい》になった少年のポスターが何枚《なんまい》も貼《は》ってあった。

その少年、ルーク・ベントンはかんじのよい顔だちをしていた。金髪《きんぱつ》で、顔にはそばかすがちっている。ちょっとはずかしそうなほほ笑《え》みは、写真を撮《と》られていることが信《しん》じられないとでもいうふうだった。

ポスターにつかわれているのは、ルークが最後《さいご》に学校で撮《と》られた写真、行方不明《ゆくえふめい》になった日のものだ。

ルークは制服《せいふく》のブレザーとネクタイを身につけていた。そして写真では見ることができないが、銀のふちどりがされた、新品の黒のスニーカーをはいていたのだった。ルークの服装《ふくそう》の特徴《とくちょう》は、町じゅうに貼《は》られたポスターに「行方不明者《ゆくえふめいしゃ》。最後《さいご》に見られたときの服装《ふくそう》」としてしるされ、永遠《えいえん》の命をもったかのように見えた。

ホールにはいるドアをだれかがあけるたびに、ふきこんだ風のせいでポスターがヒラヒラした。リハーサルがおわったら、ポスターの四隅《よすみ》をとめておくのをわすれないようにしなくちゃ。ジュリエット・サマービルは頭の中にそうメモした。ルークの追《つい》悼会《とうかい》が二日後におこなわれることになっていた。舞台《ぶたい》の奥《おく》でポスターがはためいていたら、ホールにあつまったみんなは気がちって仕方ないだろう。

ワース先生に報告《ほうこく》するより、自分でポスターをとめたほうが早いはず、とジュリエットは思った。学年主任《しゅにん》のワース先生は、とても単純《たんじゅん》な思いつきでさえ、うんと複雑《ふくざつ》なものに変《か》えてしまう。追悼会《ついとうかい》のリハーサルも、ワース先生のせいで早くも大混乱《だいこんらん》になっている。

ジュリエットはひそかに、こんな追悼会《ついとうかい》は悪趣味《あくしゅみ》だと思っていた。ルークがいなくなって、一年にもなる。ルークの電話はつかわれていないし、預金《よきん》口座《こうざ》からはお金もひきだされていない。もう死んでいるにちがいなかった。ルークをしのぶ場は、教会の礼拝《れいはい》のようなところがふさわしい。照明《しょうめい》の下で自分がどう見えるかと、みんながあがったり心配したりする舞台《ぶたい》ではなくて。

ワース先生は手をたたいて、ホールでおしゃべりしている全生徒《ぜんせいと》の注意をひいた。

「さあ、照明係《しょうめいがかり》——照明係《しょうめいがかり》！　——ありがとう……で、音響係《おんきょうがかり》は……どちらも準備《じゅんび》できていますか？　よろしい。では、ルークにささげる言葉を読む人たちは、舞台《ぶたい》の左側《ひだりがわ》からならんで……ちがいます、左からですよ……名前のアルファベット順《じゅん》にならんで……それとも、年齢順《ねんれいじゅん》がいいかしらね？　うーん……」

ジュリエットは親友のクリスティンをひじで軽くつついた。

「靴《くつ》のサイズ順《じゅん》にならんだらどうかしら？」ジュリエットは小声でいった。

だが、クリスティンは冗談《じょうだん》をいう気分になっていなかった。「ジュールズ、たったいまマークがあたしを見たと思うわ！」クリスティンは声をうわずらせた。

ホールのむこうに視線《しせん》を走らせる。「ほら！　またこっちを見た！」

ジュリエットはうたがいの気持ちを顔にあらわさないようにしながら、クリスティンの視線《しせん》をたどった。

マーク・ローガンと彼の親友のダニエル・ガードナーが、ホールのうしろのほうにならんですわっていた。マークはがっしりしてたくましい体格《たいかく》の少年だ。ダニエルはマークよりも背《せ》が高くて肌《はだ》が浅黒《あさぐろ》く、前髪《まえがみ》をたらしている。

ほとんどの少年とおなじように、ふたりもサッカーのユニフォーム姿《すがた》だった。ルークのチームメートだった全員が、哀悼《あいとう》の意をしめす意味で、追悼会《ついとうかい》にはユニフォームをきてでることになっている。もし、マークがクリスティンを見ていたとしても、いまは視線《しせん》をむけていなかった。マークとダンはうつむいて、なにかふたりだけの話に没頭《ぼっとう》していた。

「あのふたり、なにを話しているのかな」クリスティンが小声でいった。

「たぶんルークのことね。マークって、物事をふかく考える人なのよ。すごく頭がいいの。人はなにかをうしなったり、わかれを経験《けいけん》したりすることで、人生のよりすばらしい面が理解《りかい》できる。そしてさらに愛《あい》でむすばれる。マークはそんな考えを話しているにちがいないわ」

ジュリエットは友人をすばやくぬすみ見た。本気でいっているのだろうか。あいにく本気らしい。「きっとそうね」ジュリエットは相づちをうった。「それとも、マークは、チャンスのときにとってもみごとなゴールを決めた話をしているのかも」

クリスティンは顔をしかめた。「あなたって、ずいぶん皮肉屋《ひにくや》ね！　マークたちがルークの親友だったたって、知ってるでしょう」

「なら、どうして追悼《ついとう》の言葉を読もうとしないのよ？」ジュリエットはたずねた
「やだ、ジュールズ。そんなことで友情《ゆうじょう》をはかっちゃだめよ！　考えてみて。だって、親友を一晩《ひとばん》でうしなったのよ——死体が見つかったわけでもなく、ただいなくなってしまうなんて——それって、どんな気持ちだと思う？　マークたちがみんなの前に立ちたがらないのは当然《とうぜん》よ。たぶん、ルークにおこったことをまだうけとめられずにいるんだわ」

「よくわからないけど、たすけをもとめることはできるんじゃないの。たとえばカウンセリングとか」ジュリエットは指摘《してき》した。

どうしてこんなことをいうのか、自分でもわからなかった。もしかしたら、ただ意《い》地《じ》になっているだけかもしれない。マークへのクリスティンの誇大妄想《こだいもうそう》をつぶしたいのかも。ルークが行方不明《ゆくえふめい》になったあとの数週間、学校には、自分の感情《かんじょう》を言葉にし

ろと生徒《せいと》たちにすすめる、善意《ぜんい》の専門家《せんもんか》たちがあふれんばかりだった。

「なんで、そんなことしなくちゃならないの？　自分の心の中を、見も知らぬ他人に話す必要《ひつよう》なんてある？」クリスティンの口調は熱《あつ》くなっていた。

「マークたちに必要《ひつよう》なのは、自分を理解《りかい》してくれる人よ。どんなことをたえているのか、ちゃんとわかってくれる人じゃなくちゃ」

つまり、あなたに話せばいい、ってことよね！　とジュリエットは思った。

でも、口にはださなかった。そんないい方はいじわるだろう――それに、もしかしたら、なんだかんだいってもクリスティンがマークたちのたすけになるかもしれない。

ルークが行方不明《ゆくえふめい》になってからちょうど一年になる日が近づくにつれ、マークとダニエルはいっそう内にこもるようになった。だれかがそばによると、たとえろうかで軽くふれただけのような場合でも、ふたりは腹《はら》をたてていらだった。だから、もしクリスティンがたすけになれるなら――いいことだろう。クリスティンなら、わるい結果《けっか》をまねくはずはない。

ジュリエットは手にした紙きれに目をやった。さんざん言葉をけずったり、書きなおしたりして、ようやく追悼《ついとう》の言葉をしあげた。

「わたしがはじめてルークに会ったのは、四年前、初登校《はつとうこう》の日でした——」

なみだが目にこみあげ、ジュリエットは紙きれをまた折《お》りたたんだ。

冷静《れいせい》にみんなの前に立てるように、もっと読む練習をしなくちゃ。

ルークのことをたいして知っていたわけではない。でも、ルークに会ったときのわずかな印象《いんしょう》はいいものだった。急に彼がいなくなったので、とてもおどろいた。

ルークは本当に死んでしまったの？　ただ家出しただけかもしれないじゃない！　けれども、だれもがルークの死を確信《かくしん》しているようだった。捜索《そうさく》を「うちきり」にするという話がでている——でも、ルークの身に実際《じっさい》はなにがおこったかだれも知らないのに、うちきりになんかできるの？　ジュリエットの心の中になにかがながれこんだ。まるで水が頭の上まで達《たっ》して、飲みこまれてしまうような気がした。そして存在《そんざい》そのものが消えてしまうのだ。ルークにおこったのはそんなことだったのだろう。

もし、ポスターがなかったら、だれもルークを思いださないのではないか、とジュリエットは考えた。ルークがいなくなっていちばん影響《えいきょう》をうけたはずのマークとダニエルさえ、彼の話をしていない。

だからジュリエットは、追悼会《ついとうかい》で話そうと決心したのだった。ルークが死んでいないかもという疑念《ぎねん》をもちだすつもりはない。そんなことをしたら、みんなを動揺《どうよう》させるだけだ。でも、ルークの思い出をうもれさせないために、できることはなんでもするつもりだった。

ホールからクリスティンと外にでたジュリエットは、顔をしかめた。冷《ひ》え冷《び》えとした、灰色《はいいろ》の冬の夕暮《ゆうぐ》れだった。十一月のいま、夜は長くて寒い。だが、放課後《ほうかご》の騒々《そうぞう》しいおしゃべりは変《か》わらなかった。帰宅《きたく》するためにバスやむかえの車をまつ男子生徒《せいと》や女子生徒《せいと》があっちへいったりこっちへきたりしている。自転車で帰路《きろ》につく生徒《せいと》もいた。自転車のうしろについた赤いライトが、ゆれながらうす闇《やみ》に飲みこまれていく。

ジュリエットはコートをさらにしっかりと体にひきよせた。ジュリエットとクリスティンは町の正反対《せいはんたい》の場所に住んでいるため、校門についたら、べつべつの方向へいくことになる。

「またあとで話そうね？」ジュリエットはいった。

「うん」クリスティンは身ぶるいして、マフラーの両はしを上着の中にいれこんだ。

「電話ちょうだい」

「もちろん。じゃ、あとでね」ふたりは風にむかって頭をさげながら、足早に歩きはじめた。

ジュリエットはいまの学校に十一歳《さい》のときから通っている。もう四年になるが、暗い中でこの道を歩くのは、これがはじめてだった。ジュリエットの一家は夏がおわってからひっこした。いまではダニエル・ガードナーの家の近くだ。

ルークの一家は、ジュリエットの家から通りを三本へだてた、割《わり》とむかしからある住宅地《じゅうたくち》に住んでいた。

大通りからはずれると、ジュリエットはやや落ちつかない気持ちを味わった。暗くなると、あたりはずいぶんちがった雰囲気《ふんいき》になる。見なれた景色《けしき》のすべて——まがった街灯《がいとう》や、落書きだらけのバス停《てい》——が目に見えてせまってくるかのようだ。なにもかも、長くのびてかんじられ、どこもかしこも遠くなったように思える。

ここはルークが毎日通った道なのだろう。ある日、いまのわたしのように、ルークは暗闇《くらやみ》の中に歩きだした——そして、それっきり姿《すがた》を消したのだ。

「やだ。どうしても考えちゃうわ」ジュリエットはつぶやいた。

ジュリエットは公園へと右にまがった。いつもは公園をまっすぐつっきっていく。夏ならば子どもたちがサッカーをしたり、噴水《ふんすい》のそばで水をかけあったりしている。でもいまは、まったく明かりがなかった。公園のまわりを通る道には街灯《がいとう》が明るくともっている。けれども、草やしげみにおおわれた広い公園は、黒々とした穴《あな》が口をあけているように見えた。ひと目見るなり、ジュリエットは公園のまわりの道を通ろうと決めた。たった十分の遠まわりになるだけだ。

歩道にジュリエットの靴音《くつおと》がひびく。音をたてて道を通りすぎる車は、暗がりの中でわずかなあたたかみをあたえてくれた。〝たぶん、自転車通学にしたほうがいいかも〟とジュリエットは思った。明かりをつけられるし、大通りだけを走っても、いまの半分の時間で家に帰れる。

ジュリエットは公園のはずれにあるマーケット通りについた。公園の北口のむかい側《がわ》にあるせまい道で、町の中心的《ちゅうしんてき》な商業地域《しょうぎょうちいき》に通じている。

ジュリエットはうかない気分で、その路地をのぞきこんだ。もう二十分の遠まわりをしたくなければ、この一画を通りぬけるしかない。細い道をぬけたむこうには、明るく照《て》らされた広場が見えた。人の往来《おうらい》や、通りすぎるバスでにぎわっている。

あそこまではそう遠くない――早足で歩けば、ほんの一分ほどだ。そのあとは、ずっと街灯《がいとう》に照《て》らされた大通りを歩いて、家の玄関《げんかん》までいける。ジュリエットは歩きはじめた。

ほんの数歩すすんだだけで、暗闇《くらやみ》に飲みこまれた気がした。いったん目がなれると、両側《りょうがわ》の建物《たてもの》の細かいところまで見えてくる。かべや戸口は色があせて、どの窓《まど》も真っ暗な空洞《くうどう》のようだった。この通りのほとんどの建物《たてもの》は、これまでかなりのあいだ、だれも住んでいないらしい。

ジュリエットはかつて肉屋だった建物《たてもの》に近づき、身ぶるいした。無断《むだん》ではいりこむ人がいないよう、入り口には大きな金属板《きんぞくばん》が何枚《なんまい》もうちつけられていた。そして「この建物《たてもの》の使用を禁《きん》じる」と書かれた大きな紙が貼《は》ってある。暗赤色《あんせきしょく》のペンキでぬられた、ボロボロの看板《かんばん》はようやく見わけられた。

窓《まど》はよごれて、クモの巣《す》がはっている。外の道よりも、ここのほうがいっそう闇《やみ》も濃《こ》いようにかんじられた。

前方に人の姿《すがた》が見えて、ジュリエットはおどろいた。つま先立ちして、すすけた窓《まど》ガラスから中をのぞきこんでいる。あたりはかなり暗かったが、背《せ》が高くてひょろりとしており、モジャモジャ頭で、前髪《まえがみ》をだらりとたらした人間がだれだかわかった。ダニエルだ。

ジュリエットは暗がりにむかって声をかけた。「ダニエル？　わたしよ——ジュリエットよ」

ダニエルはギョッとした様子でふりかえった。「おれは……あー……無断居住者《むだんきょじゅうしゃ》がいないか、しらべてたんだ」ダニエルは口ごもった。

「ここはおれのおやじの店なんだよ……」

「無断居住者《むだんきょじゅうしゃ》？」こんなに寒くて不快《ふかい》な場所に住もうとする人がいるなんて、ジュリエットには想像《そうぞう》もできなかった。「だれもいそうにないじゃない？　永遠《えいえん》にとざされているようだわ」

「ああ……そうだな……」

一瞬《いっしゅん》ダニエルと目があったように思ったが、暗くてはっきりとはわからなかった。すると、ダニエルはジュリエットの横をすりぬけて、彼女がきた道へ、公園のほうへといってしまった。

手足の長いダニエルの影《かげ》が、通りのむこうの明かりの中へかけていくのをながめながら、ジュリエットはしばらく立ちつくしていた。ダニエルの足音が消えてしまうと、ふいに通りはまたしずかで、冷《ひ》え冷《び》えとした雰囲気《ふんいき》になった。不快《ふかい》な霧《きり》のように、静寂《せいじゃく》がたれこめてくる。

急にジュリエットは、自分が侵入者《しんにゅうしゃ》のようにかんじられた。この寒くて生気のない場所にはいりこんだ、温かくて生きている人間。

ジュリエットが広場のほうへ歩きかけたとたん、けたたましい音がして、まるで氷をこなごなに割《わ》るように沈黙《ちんもく》をやぶった。

ジュリエットはとびあがったが、ほほ笑《え》んで自分にいい聞かせた。わたしは影《かげ》におびえているだけよ。広場にむかって早足で歩きながら、カバンをさぐって携帯《けいたい》電話をとりだした。小さな画面が光って、封筒型《ふうとうがた》のアイコンがあらわれている。メッセージがでていた。「一件《けん》のメールがとどいています」

ジュリエットは「読む」というコマンドをえらび、「送信者《そうしんしゃ》」のところを見つめた。見おぼえのない番号からおくられている。

〈たすけて〉

画面をスクロールしたが、書かれていたのはそれだけだった。

どうして、知らない人がたすけをもとめてくるの？

たすけて、って、なにをしろというのよ？

ジュリエットは「返信《へんしん》」を選択《せんたく》した。

〈あなたはだれ？　どうしたの？〉

「送信《そうしん》」ボタンを押《お》そうとして、ためらった。たぶん、これは宣伝目的《せんでんもくてき》の迷惑《めいわく》メールだろう。この番号に返信《へんしん》したら、二重ガラスを宣伝《せんでん》するメールや、手っとり早くもうけるための方法《ほうほう》をうたうメールが、ドッとおくられてくるにちがいない。

でも、本当にたすけをもとめている人という場合もある。だから、「送信《そうしん》」ボタンを押《お》した。ちょうどそのとき、にぎやかで明るい広場についた。

家までの最後《さいご》の直線はのぼり坂だった。かつては町を見おろす野原が広がっていたところに、新しくできた住宅地域《じゅうたくちいき》だ。玄関《げんかん》についたとき、携帯《けいたい》電話がまた鳴った。坂をせっせとのぼってきたせいで、ジュリエットの体はあたたかくなっていたが、早く中にはいって、しめったつめたい夜の空気をしめだしたかった。

新しいメールがきていた。

ジュリエットは手袋《てぶくろ》をはめた手で、ぎこちなく携帯《けいたい》電話を操作《そうさ》した。立ち止まったとたん、氷のような風がさっと当たって、気分がめいった。

メールは前とおなじ電話番号からおくられていた。

〈**こごえている**〉

「そうね、あなたもわたしもこごえてるわ」ジュリエットはつぶやいた。

だれかにからかわれているのは明らかだ——ジュリエットの電話番号を知ったどこかのまぬけが、ちょっとしたわるふざけをしようと思ったらしい。ジュリエットは電話をポケットの中につっこむと、玄関《げんかん》のドアを押《お》しあけた。

「なあ、あの男の子が行方不明《ゆくえふめい》になったのは、去年《きょねん》のいまごろじゃなかったかな？」家族の夕食がおわりかけていたとき、最新《さいしん》の話題《わだい》におくれているジュリエットの父親がそんな話をしはじめた。

ジュリエットはため息をついた。「そうよ、お父さん」ジュリエットはいった。父親に追悼会《ついとうかい》の話を何度したかわからない。でも、いまそんなことを思いださせても仕方なかった。

「ご両親にとってはつらいことだろうな」父親はいい、新聞をとりあげた。

ジュリエットはあきれたとばかりに目をぐるりとまわしたが、母親はここらで自分が口をはさむべきだと思ったようだ。

「おぼえてるでしょう、アラン」ジュリエットの母親は夫《おっと》にいった。「二日後に学校で、あの男の子の追悼会《ついとうかい》がひらかれるのよ。ジュリエットがそこで話をするの」

「話すんじゃなくて、読むのよ、お母さん」ジュリエットは訂正《ていせい》した。

「そうかい？」父親は新聞ごしにジュリエットを見つめた。「なににについてだ？」

「ルークについて」ジュリエットは小さな声でいった。

「ルーク？」

「消えてしまった男の子よ！」ジュリエットはやっといらだちをこらえ、最後《さいご》のチーズケーキをスプーンですくいとった。

「なにを読むにしろ、いっしょに練習したほうがよさそうだ」父親は話をつづけた。「おまえの発音はあまりはっきり聞こえないからな」

「お父さん、わたしは午後じゅう練習してたのよ！　もう一度やる必要《ひつよう》なんてないわ！」

父親はみけんにしわをよせてジュリエットを見た。

「なにもどならなくたっていいだろう。練習はだれにでも必要《ひつよう》なものだ」

「このかわいそうな子をほうっておいてあげて、アラン」母親が割《わ》ってはいった。「追悼会《ついとうかい》のことで動揺《どうよう》しているんだから」

「だからといって、無作法《ぶさほう》な態度《たいど》をとっていいわけではない」父親はいった。

「このルークという少年だが――おまえのボーイフレンドだったのか?」

「アラン、もしそうだったら、ジュリエットは話してくれたはずよ!」母親は大声をだした。ジュリエットを横目で見る。

「そうよね? ルークはあなたのボーイフレンドじゃなかったんでしょう?」

「お母さん、わたしはルークをほとんど知らなかったのよ」

ジュリエットはつぶやくようにいった。

「わかったわ。それにしても、クリスティンから聞いたこと、お母さんはとてもよろこんでるのよ。あなたたちふたりは、ダニエルとマークとつきあっているんですってね。みんなにとっていいことだわ」

「ええっ?」ジュリエットはいった。そんなこと、はじめて聞いたわ!

クリスティンをこらしめてやらなくちゃ。しかも、にっこり笑《わら》ってね!

「前にクリスティンと話したのよ、それで……あら、ごめんなさい。お母さんはなにも知らないことになっていたのかしら?」母親はウインクした。「秘密《ひみつ》なのね?」

ジュリエットは両手で顔をおおった。テーブルからはなれると、できるだけいそいで二階へむかう。きつい言葉がとびだす前に。

「スピーチの練習をするんだぞ！」父親はジュリエットの背中《せなか》に声をかけた。


その夜おそく、ジュリエットは明かりを消した中でベッドに寝《ね》て、天井《てんじょう》を見つめていた。夜は数学の宿題とにらめっこしてすごした。いつもならすべて理解《りかい》できたはずだ。実をいえば、数学は得意《とくい》教科のひとつだった――けれども今夜は、方程式《ほうていしき》なんて、ノートの上のなぐり書きの山にしかすぎなかった。ジュリエットの思いはあちらこちらへとび、xやyの値《あたい》を考えるどころではなかったのだ。

ルーク、死、うっとうしい父親……。

おまけに、親友がとんでもないことをいったせいで、母親はむすめに新しいボーイフレンドができたと思いこんでしまった。

「まったくもう、あなたのせいよ、クリス」ジュリエットがつぶやいたとたん、携帯《けいたい》電話が鳴り、新しいメールがとどいたことを知らせた。ベッドわきのテーブルを手さぐりすると、携帯《けいたい》電話の画面が光って、部屋じゅうがぼうっと明るくなっている。

メールの送信者《そうしんしゃ》の番号は前とおなじだった。

〈でられない〉

ジュリエットはうめき声をあげた。このムカつくやつはだれよ？

しばらく考えた。

もし、だれかが本当にわたしのたすけを必要《ひつよう》としていたら？　そうね、このだれかは数時間おきに携帯《けいたい》メールをおくってくるだけ。つまり、それほどこまってはいないのだろう——どんな問題にしても、すぐには大変《たいへん》な状況《じょうきょう》にならないみたいだもの——たとえ、そうでも……。

ジュリエットはベッドにおきあがった。このまぬけに電話して、たしかめればいいのよ。もし、そいつが本当にこまってたら、なにをしてあげられるかがわかる。もし、わるふざけをしているだけなら、その男は——女かもしれないけど——うんと後悔《こうかい》することになるわ。

ジュリエットはメール送信者《そうしんしゃ》の番号に電話をかけ、携帯《けいたい》電話を耳に当てた。つながるあいだに聞こえたのは、電話と自分の頭の奥《おく》に、心臓《しんぞう》の鼓動《こどう》がこだまする音だけだった。

ふいにするどい音が三度聞こえ、ていねいな声がこういった。

「おそれいりますが、お客さまのおかけになった番号はつかわれておりません。ご確《かく》認《にん》の上、おかけなおしください」

「どういうこと？」ジュリエットは大声できいたが、それが録音《ろくおん》された声なのはわかっていた。「そんなことありえない！」つかわれていない番号のはずないでしょう？存在《そんざい》しない番号から、メールがくるわけないじゃないの！

パソコンのメールでなら、そんな手口をつかえることは知っている——差出人《さしだしにん》などの情報《じょうほう》がのった、メールのヘッダーをいつわればいい。そうすれば、どこかべつのところからメールがきたように見せかけられる。だけど、携帯《けいたい》メールでもそんな手がつかわれるとは聞いたことがなかった。

でも、こんなことをだれかがわざとやっているとすれば、少なくとも、その人はこまった状況《じょうきょう》にないわけだ。わたしをからかうためだけにやっているのだろう。こっちがいらだっていることを知らせて、そんな人を満足《まんぞく》させるつもりはない。ジュリエットは「切」のキーを親指で押《お》し、電源《でんげん》がきれるまで押《お》しつづけた。

方程式《ほうていしき》の夢《ゆめ》なんか見たものの、ジュリエットはよくねむって目をさました。昨夜《さくや》、なやまされたもうひとつのことは、はるか遠くへいってしまったかのようだ。電気のスイッチを手さぐりで見つけ、目をしかめて明かりをつけた。

携帯《けいたい》電話はジュリエットがおいたとおり、ベッドわきのテーブルの上にあった。なにもでていない灰色《はいいろ》の画面がこちらを見つめている。電源《でんげん》をいれた。画面があらわれるまでのあいだ、ジュリエットはふたたび電話をおいて、バスルームへむかった。

バスルームのドアにつかないうちに、メールの着信《ちゃくしん》を知らせる音がした。

ジュリエットは立ち止まった。ふりかえって電話をまじまじと見る。不安《ふあん》な思いで胸《むね》がしめつけられた。また、あのくだらないメールだろうか？　むきを変《か》え、大またに二歩で部屋を横ぎる。携帯《けいたい》電話をすばやくとりあげ、画面をしらべた。このいやなやつをなんとかしなくちゃ。こんな……。

メールはクリスティンからのものだった。昨夜《さくや》、ジュリエットが電源《でんげん》をきったあとにきたのだ。

「ああ――クリスだったのね！」ジュリエットはほっと息をついた。

〈ハイ、ジュリエット！　学校がおわったら、二時に、商店街《しょうてんがい》へショッピングにいかない？〉

クリスティンとのショッピング。メールをおくりつづけてくるまぬけから気持ちをそらすには、最高《さいこう》の方法《ほうほう》に思えた。ジュリエットはにやりと笑《わら》って返信《へんしん》した。

〈もちろん！　じゃ、あとで〉

ほとんどすぐに、また電話が鳴った。ジュリエットはにっこりして画面をのぞきこんだ。クリスティンったら、買いものでストレス解消《かいしょう》をしたくてたまらないみたい！

メールを読んだ。

〈こわい〉


「ねえ、お父さん？」朝食の席《せき》で、ジュリエットはいった。

「うん？」父親はうわのそらで答えた。マーマレードのびんにナイフをつきたてながら、もういっぽうの手で新聞のしわをのばしている。

ジュリエットは着がえながら、メールのことを父親に話そうかどうしようか、さんざん考えた。もし、そんなものを心配する必要《ひつよう》がないと思えば、お父さんはそういうだろう。

でも、名前もわからない変《へん》な人にむすめがつきまとわれているとしたら、そのことを知りたがるはずよね？　だからジュリエットはおそるおそるいった。

「このごろくる携帯《けいたい》メールのことなんだけど……」

「そりゃ、よかったな」

心ここにあらずといった父親の態度《たいど》のせいで、ジュリエットはいらだち話をするのにいっそう勇気《ゆうき》をふりしぼらねばならなかった。「ううん、そういうことじゃなくて。気味《きみ》のわるいメールなの」ジュリエットは携帯《けいたい》電話をとり、メールをスクロールした。「どれもわたしの知らない人からのものなの。見て。**〈たすけて〉〈こごえている〉〈でられない〉〈こわい〉**。お父さん、これって……なんだか、気味《きみ》がわるい」

「ああ、そうかもな……」新聞の見だしに気をとられて、父親の声は尻《しり》すぼみに消えた。「いやはや、なんてことだ！　不動産《ふどうさん》価格《かかく》のことを考えずにすごせる日はないものかね？　無理《むり》な住宅《じゅうたく》ローンなどだれもくまなきゃいいんだ。そうすれば、こんなばかばかしいことはなくなる」

「お父さんったら！」ジュリエットは抗議《こうぎ》した。

「ああ、すまなかったな」父親はやっと片方《かたほう》の目だけ、紙面からはなした。

「そうだな、たぶん、おまえに夢中《むちゅう》のばかな少年かだれかがおくっているだけだろう。

気をひこうとしてな。無視《むし》すればいい……おや、なんと！　また一パーセント上昇《じょうしょう》したのか？」

「学校へいってきます」ジュリエットはつぶやいた。

ジュリエットはうかない気持ちで坂をくだっていた。存在《そんざい》しない電話番号からおくられたメールが、いまでは四件《けん》、自分の携帯《けいたい》にはいっている。それをおくってきた人間がだれにしろ、ゆがんだユーモアのセンスをもっているか、ジュリエットのたすけを本当に必要《ひつよう》としているかにちがいない。

天気もジュリエットの気分を高めてはくれなかった。昨日《きのう》よりはあたたかいが、とても細かい雨が降《ふ》っていた。雨は空中に舞《ま》っているかのようで、ぬれてはじめて、雨だとわかるのだった。坂の下についたころには、学校へいくまでにびしょぬれになるだろうと予想《よそう》がついた。

だが、不機嫌《ふきげん》なジュリエットの意識《いしき》になにかがゆっくりとはいりこんできた――ひとりきりではないというかんじがする。車にあとをつけられているのだ——ジュリエットの歩くペースにぴったりあわせて、速度を落としておってくる車があった。

こんなことにかかわりたい気分ではなかった。まさか真っ昼間に誘拐《ゆうかい》されることもないだろう。そう思ったジュリエットは立ち止まると、両手を腰《こし》に当てて、その車のフロントガラスをまともににらみつけた。新品のメタリックブルーの、幌《ほろ》をおろしたオープンカー。細かい霧雨《きりさめ》のせいで窓《まど》はくもっている。

運転席《うんてんせき》の窓《まど》がおりて、若《わか》い男性《だんせい》が顔をだした。「やあ、ジュールズ！」

たちまちジュリエットはほっとした。「デイブ！」ジュリエットはすばやく左右を見て、いそいで道をわたった。

デイブはジュリエットのいとこだった。ほんのいくつか年上なだけで、兄のような存在《そんざい》だ。ジュリエットはひとりっこだからなおさらだった。

「学校までおくっていこうか？」デイブは申《もう》しでた。

ジュリエットはにやりと笑《わら》った。「もちろん！」

助手席側《じょしゅせきがわ》のドアにまわって乗りこんだ。中はあたたかくてかわいており、新車特有《とくゆう》の、真新しいビニールみたいなにおいがする。

「すごくすてき」ジュリエットはピカピカの車内を見まわしながら、満足《まんぞく》そうにいった。「いつ買ったの?」

「金曜日にこいつをとってきたんだ」デイブはほこらしげにいった。「昇給《しょうきゅう》したから、そのお祝《いわ》いにと思ってね」

「すごいわ」ジュリエットはいった。「署《しょ》で評価《ひょうか》されているのね!」

デイブは巡査《じゅんさ》だった。いまは制服《せいふく》の一部だけを身につけている――革《かわ》の上着は自分のものだが、その下には白いシャツに濃《こ》い色のネクタイ、紺色《こんいろ》のズボンをかっこよく着こなしていた。

もしかしたら、家族みんなが役たたずというわけでもないかもね、とジュリエットは思った。

「デイブ」ジュリエットはゆっくり話しはじめた。「ちょっときいてもいいかな?」

ジュリエットがメールについて話すあいだ、デイブは注意ぶかく耳をかたむけていた。話がおわったとき、デイブの表情《ひょうじょう》はきびしかった。「ジュールズ、もし、いやがらせをうけているなら、報告《ほうこく》しなくちゃだめだ！　電話会社にいわなきゃ。必要《ひつよう》とあれば、そいつからの電話がかからないようにしてくれるだろうから」

「でも、存在《そんざい》しない電話番号なのよ！」ジュリエットはデイブに思いださせた。

「あるに決まってるさ。さもなけりゃ、電話がかかるはずないだろう。それは〝なりすまし〟ってよばれてる手口だよ、ジュールズ。携帯《けいたい》電話の所有者の身元をいつわることは完《かん》ぺきに可能《かのう》なんだ。ちょっとした、特別《とくべつ》な知識《ちしき》があればいい。電話会社が身元をつきとめられなかったらおどろきだね」

ジュリエットはためらい、手の中で携帯《けいたい》電話をもてあそんだ。デイブにとても大きなたのみごとをしたかったのだ。「あなたがつきとめてくれない？　つまり、このことを正式に報告《ほうこく》しないとしたら――あなたがつきとめることはできる？　わたしたちふたりのあいだだけの秘密《ひみつ》として」

デイブは一瞬《いっしゅん》ジュリエットを見つめ、また道路に視線《しせん》をもどした。「ああ、できなくはない」デイブはいった。「でも、個人的《こじんてき》な目的《もくてき》のために警察《けいさつ》の設備《せつび》をつかったりしたら、うんとやっかいなことになる。きみがそいつについてちゃんと報告《ほうこく》しないかぎり、これは警察《けいさつ》の仕事ではないんだ」

「でも、報告《ほうこく》なんてしたくないわ——相手がどんな人だとしてもね」ジュリエットは力なくいった。「だから、あなたにこんなことをたのんでいるのよ。自分が大げさに考えすぎじゃないかと思うの。もし、こいつが病的《びょうてき》なストーカーだったら、もちろん、報告《ほうこく》してやりたいわ。でも、まぬけな生徒《せいと》かだれかで、自分ではこんなことをおもしろいし、大さわぎするほどのことではないと思っているのかも。それに、もし、本当にこまっている人がメールをおくってきたなら、たすけてあげたい。だけど、実際《じっさい》はどうなのかわからないのよ！　その電話番号をつきとめられないかぎり、知りようがない」ジュリエットはこまって口ごもった。

車は校門まできていた。デイブは車を止めた。「そのメールを見せてくれないか、ジュールズ?」

ジュリエットは携帯《けいたい》電話をわたし、メールをスクロールするデイブを見守っていた。ひとつひとつのメールを小声で読むたび、デイブのまゆははねあがった。

そのとき突然《とつぜん》、ジュリエットはあえいで、座席《ざせき》のはしにつかまった。ある光景《こうけい》がうかんできたのだ。携帯《けいたい》メールをおくってきた見知らぬ人について、強く確信《かくしん》する。それはひとりぼっちで寒《さむ》さにふるえ、おびえている人だった。しかも暗闇《くらやみ》の中で。せまくて暗い、とざされた場所にいる。ほとんど息もできずに……。

ジュリエットはくちびるをかんだ。こんな光景《こうけい》、どこからうかんできたの? 数件《すうけん》のくだらないメールだけで、そんなことがすべてわかるはずはない。これは単《たん》なるだれかのいたずらよ。そうでしょう?

デイブは心配そうにジュリエットを見つめていた。「このことで、きみは本当になやんでいるんだな?」デイブはやさしくたずねた。口をひらく自信がなくて、ジュリエットはただうなずいた。デイブはため息をつき、携帯《けいたい》電話をかえした。

「そいつの電話番号を書いてくれ。ぼくになにができるか考えてみるよ」

学校にはいっていくとき、ジュリエットは少し気分がよくなっていた。もしかしたら今日がおわるころには、メールのおくり主の身元をデイブが知らせてくるかもしれない。そうすれば、自分も立ちむかうことができる。相手の顔を見るのが待ち遠しかった。

クリスティンが門のすぐ内側《うちがわ》でまちぶせしていた。「ジューールズ！　ジューールズ！　ねえ、すごい話があるの！」ジュリエットはクリスティンにひきずられるまま、校庭のはしにいった。クリスティンの目はキラキラかがやき、ほほは赤くなっている。

「マークがあたしとデートしてくれる、っていったの！　あたしとよ！　今日の午後、商店街《しょうてんがい》であたしたちとまちあわせることになってるの」

「あたしたち？」ジュリエットはききかえした。

「もちろん、あたしたちよ！　いくっていったじゃない。おぼえてるでしょう？」

ジュリエットは放課後《ほうかご》のショッピングの計画をすっかりわすれていた。デイブと話したり、メールをおくってくる見知らぬ人のことでなやんだりしたせいで、そんな話は頭から消えていたのだ。

最初《さいしょ》にクリスティンからメールをもらったときは、なかなかいい考えだと思ったのだけれど。でも、おたがいに夢中《むちゅう》になっているクリスティンとマークといっしょだなんて、まっぴらよ。なんとかのがれられるいいわけを、放課後《ほうかご》までに思いつけないだろうか――もしかしたら、ストーカーの身元のことでデイブから電話があるかもしれない。

「もちろんよ」ジュリエットは答えた。

その日はのろのろとすぎていき、ジュリエットの気分はゆううつだった。昼休みに携帯《けいたい》電話が鳴った――だが、今度はいつもどおりのベルの音だ。メールではなく、だれかが電話をかけてきている。それでも、画面に「番号非通知《ひつうち》」とでているのを見ると、ジュリエットには確信《かくしん》がもてなかった。

「ねえ、電話にでたら？」クリスティンがいった。手にした携帯《けいたい》電話をじっと見つめたまま立っていたことにジュリエットは気づいた。

「ああ、うん、もちろんよ」ジュリエットはいった。緑色の通話キーを押《お》し、慎重《しんちょう》に電話を耳に当てる。「もしもし？」

「ずいぶんびくついてるようだな」男の人の声がした。「だいじょうぶかい？」

ジュリエットはほっとして、ため息をついた。「ハイ、デイブ。ええ、わたし……」

どういえばいいのかわからない。

「ジュールズ、あれのことがちょっとわかったんだ。ほら、見つけてほしいと、きみにたのまれたことさ」デイブはいった。

ジュリエットの心臓《しんぞう》ははげしくうちはじめた。電話をつかんでいる手が汗《あせ》ですべりそうだ。「それで？」

デイブはため息をついた。「きみの〝なりすまし屋〟は、思っていたよりも抜《ぬ》けめないな。そいつは、かれこれ一年もつかわれていない電話番号をつかっている。実をいえば、その番号が最後《さいご》につかわれたのは、一年前の明日なんだ」

「だれなの？」ジュリエットは知りたかった。

「ジュールズ、すまないが、それは個人情報《こじんじょうほう》で、ぼくには教えられない。なあ、このことを電話会社に話すんだ。それがいちばんいい方法《ほうほう》だよ。じゃあな」

きれてしまった電話を、ジュリエットは腹《はら》だたしい思いで見つめていた。デイブのいい方だと、あいた番号をつかってだれかがわるふざけしているだけだと信《しん》じているようだ。でも、こんなわるふざけをして、なんの得《とく》があるの？　もし、わたしをこわがらせたいなら、電話をかけたほうがいいんじゃない？　はげしくあえいだり、わたしになにかをいわせたりするほうが。相手がどんな反応《はんのう》をしめすか、聞きたいんじゃないの？

「いいわ」ジュリエットはつぶやいた。この件《けん》を、とことんつきとめてやろう。おびえさせられたら、おびえたふりをするのがいちばん無難《ぶなん》な方法《ほうほう》だ。だが、ジュリエットは戦《たたか》うつもりだった。立ちむかうのだ――相手がどんな人だろうと。

ジュリエットは最後《さいご》に受信《じゅしん》したメールをえらぶと、「返信《へんしん》」ボタンを親指で押《お》し、つぎのようなメールをかえした。

〈あなたがだれだか知らないけれど、どういうことか話してくれないとたすけられない〉

封筒型《ふうとうがた》のアイコンが画面上でくるくるまわり、「メールは送信《そうしん》されました」と文字があらわれた。すると、たちまち「メールを受信《じゅしん》しました」という画面に変《か》わり、ジュリエットの手の中で電話が鳴った。

ジュリエットはおどろいて目をぱちくりさせ、新しいメールを選択《せんたく》した。

〈あなたの友だち。あなたを必要《ひつよう》としている〉

ジュリエットはあやうく電話を落としかけた。そんな。そんなはずない。わたしのメールにすぐ返事できるように、だれかがまちかまえているはずはないわ。

まさかね！

でも、だれかがまっていたのだ。

店はどこも混雑《こんざつ》して、まぶしい照明《しょうめい》で照《て》らされていた。十一月のなかばで、店はすでにクリスマス気分に突入《とつにゅう》している。

ごてごてとかざりつけされ、やすっぽいクリスマスソングがながれっぱなしだった。そのショッピングセンターは三階建《かいだ》てで、クリスティンとジュリエットはまっすぐ三階にむかった。おしゃれな服の店ばかりがならんでいるところだ。

「クリス」エスカレーターに乗ると、ジュリエットはいった。

クリスティンはリップグロスをくちびるにぬっていた。にせもののイチゴの香《かお》りのせいで、ジュリエットは少し気分がわるくなった。「なに？」

「あのね、あなただったらどうする？　つまり、ストーカーにねらわれたら？」

クリスティンは容器《ようき》をまわしてリップグロスをしまうと、バッグになげいれた。

「わかんないな。たぶん、相手によると思うけど」

「相手がわからないとしたら？　むこうはあなたの電話番号だけ知っていて、変《へん》なメールをしょっちゅうおくってくるとしたら、どうする？」

クリスティンはにやりと笑《わら》った。「それって、よけいにすてきじゃないの！　どんな人かなって想像《そうぞう》できるし、がっかりすることもないわ」

クリスティンから同情《どうじょう》を期待《きたい》するのはまちがいだったかも、とジュリエットは思った。そもそも、メールのことを話すこと自体妙《じたいみょう》なかんじがするのだからなおさらだ。

「でも――」ジュリエットはいいはじめた。

「さあ、いくわよ！」クリスティンは声をあげた。ふたりはエスカレーターのてっぺんについていった。

クリスティンはジュリエットの腕《うで》をつかんで、いちばん近くの店へひきずっていった。「あたしをたすけてくれなきゃだめよ」クリスティンはいいはった。「すごくすてきなトップスが二枚《まい》あるのよ。でも、マークがどっちを気にいるか知りたいの……ちょっとまっててて」

クリスティンはジュリエットの腕《うで》をはなすと、服がかかっているラックのあいだに消えてしまった。のこされたジュリエットは、無言《むごん》で腹《はら》をたてていた。友だちって、おたがいに話をするものじゃないの？　重要《じゅうよう》なことでも、片方《かたほう》が耳をかたむけようとしなければ、話なんてできないじゃない？

ジュリエットは携帯《けいたい》電話をとりだし、じっと見つめた。まるでなぞのメールのおくり主の秘密《ひみつ》がそこにかくされているかのように。できるのは、相手の身元がわかるまで電話を見つめることだけだった。受信《じゅしん》したメールをぼんやりとスクロールする。最後《さい ご》のメールが画面にあらわれた……。

突然《とつぜん》、ジュリエットの手から携帯《けいたい》電話がひったくられた。

「ジュールズったら！　ほんとに、もう！」クリスティンがもどっていた――どれくらいそこにいたのだろう？――ハンガーにかけたトップスを二枚《まい》、つかんでいる。

「おねがいだから、ちゃんと見てよ！　これはとても大事なことなのよ。そんなのよりも……」ちらっとメールを見やったクリスティンの目はまるくなった。

「うっそー！　やだあ！」つかの間《ま》ジュリエットは、気味《きみ》のわるいメールを読んだせいでクリスティンがおびえたのかと思った――奇妙《きみょう》だが、そう思うとずっと気分がよくなった。もしかしたら、結局《けっきょく》のところ、わたしが大げさに考えすぎてたわけじゃないのかも。

けれど、クリスティンは声を落として、左右を見た。だれかに聞かれていないかをたしかめるかのように。「じゃ、これがあなたのいってたメールなのね！　彼ができたんだ！　どうして教えてくれなかったの？」

ジュリエットは携帯《けいたい》電話をすばやくとりかえした。「彼なんかできてないわよ！」ジュリエットは声をあらげた。「おくり主がわからないの。だれかがこんな匿名《とくめい》のメールをおくってきて――」

クリスティンはするどく息をすいこんだ。片手《かたて》をさっと口に当てたため、慎重《しんちょう》にぬったリップグロスがにじんでしまった。「ちょっとまって、ジュールズ！　これがだれか、あたしにはちゃんとわかるわ！」

「だれなの？」ジュリエットはどんな意見でも聞く気になっていた。

「ダニエルよ！　ねえ、それならすじが通るじゃない！　あたしたちは親友同士《どうし》でしょう？　そしてマークとダニエルも親友同士《どうし》だわ。だから、当然《とうぜん》、ダニエルはあなたとつきあいたがってるのよ！　あなたをデートにさそうかもね！」

「正体をかくして、わたしをつけまわしたりして？」ジュリエットは小声でいったが、クリスティンは聞いていなかった。

「ああ、ジュールズ！　あたしたち四人でグループ交際《こうさい》するのね！　最高《さいこう》！」クリスティンはジュリエットをだきしめた。「ねえ、こんなばかげた服のことはどうでもいいから、すぐにマークのところへいこう。今日の午後はあなたもくるって、話しておいたの。きっとダニエルもいっしょにちがいないわよ」

それはあやしいわね、とジュリエットは思ったが、クリスティンにしたがって店の外へでた。ダニエルがほんのわずかでも自分に関心《かんしん》をしめしたおぼえなんてない。もし、彼がわたしにデートを申《もう》しこもうとしたら……そう、ジュリエットもみとめるしかなかった。四人での交際《こうさい》というのはなかなか楽しそうだ、と。

めったに見せないけれど、ダニエルの微笑《びしょう》はとてもすてきだ。内気らしいけど、冗《じょう》談《だん》をいいあう面もあるってことがわかる。

それに、あのメールをおくってきたのがダニエルだとしたら――そうすれば、なにもこわがらなくていい。メールのことをダニエルにたずねるのは、まったく問題ないから。全部、ジョークにしてしまえる。わたしの注意をひきたければ、もっといい方法《ほうほう》があったんじゃないの、といってやれる。たとえば、金曜の午後に映画館《えいがかん》やゲームセンターをいっしょにはしごするとか。

でも、メールのおくり主がダニエルだとは思えなかった。クリスティンの論理《ろんり》が、事実よりも希望《きぼう》にもとづいているせいだけではない。

肉屋の外で会ったとき、ダニエルはわたしのことなど目にはいらないようだった――それどころか、わたしからにげだしたんじゃなかった？　その数秒後に、最初《さいしょ》のメールがきたのよ。あのとき、ダニエルはまったくわたしに関心《かんしん》をしめさなかった。それに、公園のほうへと小道をかけていたのに、携帯《けいたい》メールなんておくれるはずがない。ジュリエットには、メールのおくり主がダニエルだとは思えなかった。

メールを送ってきた人はどこかにいるはずだ――でも、どこに？

結局《けっきょく》のところ、クリスティンの予想《よそう》のひとつは当たった。約束《やくそく》の場所には、マークといっしょにダニエルもいたのだ。ふたりは早くも〈コーヒー・プレイス〉店のテーブルをじんどっていた。ジュリエットたちが近づくのに気づくと、マークは笑顔《えがお》で立ちあがった。

「ハイ、クリス」マークはいった。これまでジュリエットがマークに対していだいていた印象《いんしょう》とはちがって、あたたかなものがかんじられた――いままでは人から距離《きょり》をおき、よそよそしくて、よく知らない相手にはいらだたしげな態度《たいど》をとっていたのに。

もしかしたら、マークは本当にクリスティンが好《す》きなのかもしれない。そしてクリスティンは、マークがルークのことをのりこえるのに、大きなたすけになっているのかも。そうだとしたらジュリエットもうれしかった。

「ハイ」クリスティンは息をはずませ、一瞬《いっしゅん》、ジュリエットの腕《うで》をきつくつかんだ。

ジュリエットは顔をしかめまいとした。

ダニエルはもっとのろのろとマークの態度《たいど》にならった。ひょろりとしたからだがいすから立ちあがる。こちらをむいた様子で、ダニエルの気持ちについてクリスティンがいったことはまちがいだったと、ジュリエットはほぼ確信《かくしん》した。前髪《まえがみ》でかくれて目が見えないため、ダニエルがなにを考えているかはわからないが、こわばった口もとにはなんの熱意《ねつい》もあらわれていなかった。

「ハイ、ジュリエット」ダニエルはそっけなくいった。

「ハイ」ジュリエットもそっけなく言葉をかえした。

そんなに無関心《むかんしん》な態度《たいど》なら、ダニエルは飲みものもすすめてくれそうにない、とジュリエットは思った。のどがかわいていた。

「なにか買ってくる？」ジュリエットはあてつけがましくきいた。

ダニエルは肩《かた》をすくめた。「ああ。コーラを」

「そうだな。コーラがいい」マークがつけくわえた。

「オーケー」クリスティンがいった。ボーイフレンドのために飲みものを買ってくるという特権《とっけん》を得《え》て、舞《ま》いあがっているようだ。「氷は？　レモンのスライスは？」

レモンのスライス？　こんな店で？　そんなの無理《むり》よ。

「さあ、早くして、クリス。そんなに時間はないのよ」ジュリエットは小声でいい、クリスティンをカウンターへひっぱっていった。

カウンターのむこうの女性《じょせい》は、飲みものをどれだけおそくだせるか、記録《きろく》をつくろうと決めたかのようだった。店の奥《おく》でレモンの木がそだつのをまっているのかも。

クリスティンは、最初《さいしょ》にだされた二杯《はい》のコーラをテーブルへもっていった。

のこりの二杯《はい》ができるまで、ジュリエットはもう二分ほどまたなければいけなかった。みんなのいるところへもどったジュリエットは、たちまちしずんだ気分になった。

クリスティンがおしゃべりしている内容《ないよう》が耳にはいったのだ。

「……ひそかに彼女を思っている人が、しょっちゅう携帯《けいたい》メールをよこすらしいの……

…」

クリスティンの話し方や、目のすみからダニエルを見る様子は、そのメールのおくり主がだれだと思っているかをはっきりと語っていた。ダニエルはただたいくつそうだった。

「クリス、それってたいしたことじゃないのよ……」ジュリエットはいいはじめた。

「たいしたことじゃないって？」クリスティンは反論《はんろん》した。「うそでしょ！」

止める間《ま》もなく、クリスティンはジュリエットのバッグから携帯《けいたい》電話をひっぱりだして、メールのメニューをよびだすと、ダニエルの顔につきつけた。コーラのコップで両手がふさがっていたジュリエットは、あぜんとして、なすすべもなくながめるだけだった。

「ねえ、このメールからどんなことがわかる？　どう、ダニエル？」クリスティンはたずねた。

ダニエルは電話をとり、画面を見つめた。

とたんに顔が蒼白《そうはく》になり、ダニエルは携帯《けいたい》電話をテーブルにたたきつけるようにおいた。まるで、手をやけどしたとでもいうように。

「どうしたんだ、ダニエル？」マークがいった。電話をとりあげ、無造作《むぞうさ》に画面を見る。「ああ、これはどうってことないよ。どっかのくだらない宣伝《せんでん》メールだろう。しょっちゅうこんなメールをおくりつけてきて、返信《へんしん》すると料金《りょうきん》をとるところがあるんだ。ほうっておけよ、ジュリエット。前に聞いたんだけど、いまじゃ、話したくない相手の番号を拒否《きょひ》できる電話があるらしいぜ。そういう電話にしたらどうだい？そう思わないか、ダニエル？」マークにきついまなざしをむけられ、ダニエルは真っ赤になった。

「ああ、そうだな」ダニエルはいった。「いい考えだ」

「そうね」ジュリエットは小声でいった。「たぶんね」はじめてうけとったとき、宣《せん》伝用《でんよう》の迷惑《めいわく》メールではないかと自分も思った。でも、そのあと、メールのことをデイブと話して、古い電話番号がつかわれているとわかった。宣伝《せんでん》会社なら、新しい番号をつかうはずじゃない？

ダニエルは袖《そで》をグイッとめくって腕時計《うでどけい》を見やった。「なあ、おれ、いかなくちゃ。ちょっと……あの……用があるんだ」ダニエルはいすからたちあがり、ジュリエットに弱々《よわよわ》しくほほ笑《え》みかけた。「わるいな」

マークはまゆをよせた。「おれたち、映画《えいが》にいくはずだっただろう？」

「ああ、そう、なんていうかさ……」ダニエルはあいまいに答えた。早くもあとずさりしている。カフェのドアにたどりついたとたん、ダニエルはくるりと背《せ》をむけ、買いもの客でにぎわう人ごみに消えた。

クリスティンはジュリエットのほうをむいた。困惑《こんわく》で目をまるくしている。「ああ、ジュールズ、本当にごめんね！　あんなふうに彼があなたをすっぽかすとは思わなかった。なんてまぬけな人なの……」

「きみをすっぽかした、だって？」マークがいった。

「ダニエルはきみをデートにさそったりしたのか？」

「あら、かんべんして」ジュリエットが答える間《ま》もなく、クリスティンはいった。

「ダニエルの様子を見ればわかるでしょう……」

「かまわないわ」ジュリエットは口をはさんだ。「本当に、気にしてないから」

「ああ、あのさ、むずかしいテクノロジーを見ると、あいつはいつもおかしくなるんだ」ジュリエットの電話をもってふりながら、マークはいった。

「このせいで、びびってにげちまったんだろう。ダニエルは石器時代《せっき》に住めばいいんだ。携帯《けいたい》ももってないんだよ」

「ええっ？」ダニエルがダンボール箱の中に住んでいると聞かされても、クリスティンはこれほどおどろいた声をだせなかっただろう。「携帯《けいたい》電話をもっていないの！」

ジュリエットは、テーブルのはしを片手《かたて》でつかんでいるマークを見つめた。

「それ、本当？　つまり、ダニエルは携帯《けいたい》電話をもっていないの？」

「ああ、あいつはそんなものにがまんできないんだ」マークはこともなげにいった。

コーラをすする。

「サッカーの練習時間を決めたいときなんかは、本当にいらいらさせられるよ」

ジュリエットは動揺《どうよう》していた。メールのおくり主でないことはたしかだと思ったが、ダニエルが携帯《けいたい》電話をもっていないはずはない。いまはもう、自分の気持ちがわからなくなっていた。正体不明の人につけねらわれているかと思うと、急に前よりもこわくなってきた気がする。

この息ぐるしいカフェからでたかった。もっとしずかな場所を探《さが》して考えたい。

「わたしの携帯《けいたい》電話をかえしてくれない、マーク？」ジュリエットはたのんだ。

「えっ？」まだジュリエットの電話をもっていたことにマークは気づいた。

「ああ、そうだ。ごめんな」

かえしてもらった電話を、ジュリエットはバッグにつっこんだ。それからいすを押《お》しやって立ちあがると、ほとんど走るようにカフェからでていった。メールをおくってきた可能性《かのうせい》はだれにでもあるのだとは、考えないようにする――いま、このショッピングセンターにいる人かもしれない。この瞬間《しゅんかん》も、見はっているのかもしれない。そう、まっているのだ。ジュリエットがひとりきりになるのを……。

舞台《ぶたい》のぶあつい幕《まく》を通して、学校のホールのざわめきがつたわってきた。ワース先生は躍起《やっき》になって場をしきっていた。ごわごわの髪《かみ》までめがねを押《お》しあげ、ジュリエットやクリスティン、マークやダニエル、そのほか追悼会《ついとうかい》に参加している全生徒《ぜんせいと》をまとめようとしていた。

今日は、その日だった——ルーク・ベントンが行方不明《ゆくえふめい》になって、ちょうど一年なのだ。

ジュリエットは読む言葉をもう一度小声でおさらいした。練習のために音読してあげる、とクリスティンはいっていた……でも、もちろん、クリスティンは舞台《ぶたい》のむこう側《がわ》にいる。マークといっしょに。サッカーチームの中でひどく場ちがいに見える。

とっさにジュリエットはポケットから携帯《けいたい》電話をとりだした。空白のメール画面をひらいて、こう入力する。

〈ねえ、わたしのことおぼえてる？〉

クリスティンの番号をえらんで、「送信《そうしん》」ボタンを押《お》した。

携帯《けいたい》電話はジュリエットの手の中でふるえた——携帯《けいたい》電話の電源《でんげん》をきりなさい、とワース先生はみんなに命じた。そこでジュリエットは、音のでないモードに設定《せってい》することにしたのだった。まゆをひそめて画面を見つめた。

「メールは送信《そうしん》できませんでした」というメッセージがでて、ふくれた封筒《ふうとう》の形をしたアイコンがあらわれている。ジュリエットはうめいた。受信《じゅしん》ボックスや送信《そうしん》ボックスにメールがいっぱいになると、こういうことがおきる。つまり、これまでのメールを全部しらべて、どれを保存《ほぞん》し、どれを消すか決めなければならないのだ。

「すべて削除《さくじょ》」という項目《こうもく》をえらべば、電話の中のメールがすっかりからになることは知っている——でも、感傷的《かんしょうてき》な理由から、もう少しとっておきたいメールもある。たとえば、ジュリエットがいのこりをさせられたとき、元気づけるためにクリスティンがおくってくれたメール。いとこのデイブが、婚約《こんやく》を知らせてきたメールなども。

追悼会《ついとうかい》がはじまるまで、まだ数分あった。ジュリエットはうつむいて、ありきたりのメールを消しはじめた――放課後《ほうかご》にクリスティンと会う約束《やくそく》をしたもの、うわさ話を交換《こうかん》したもの、宿題を点検《てんけん》したもの。そうしたメールは苦もなく消せた。だが、匿《とく》名《めい》のおくり主からの五件《けん》のメールへくると、それをとっておきたいのか、消したいのかわからなかった。

メールがならんでいるところで、カーソルをぼんやりと上下に動かす。短くて、ほとんど意味のない言葉や、それぞれのメールがおくられた日時を見つめながら。

そのとき、ジュリエットはなにかがおかしいと気づいた。最新《さいしん》のメールがきたのは昨日《きのう》で、最初《さいしょ》のメールがきたのは二日前だったはず。でも、どのメールもおなじ日におくられているようだ。それは今日の日付だった。

つかの間《ま》、携帯《けいたい》がおかしいのかと思った。スクロールして、ちがうメールをだしてみる。ショッピングにいこうとさそってきた、クリスティンのメールを。でも、それについた日付《ひづけ》はただしくて、二日前になっていた。ジュリエットはおくり主不明《ふめい》の五件《けん》のメールにもどった。

日付《ひづけ》にはほかにも妙《みょう》な点があった。

月も、日も、今日とおなじだ……でも、年はちがっている。メールがおくられた日《ひ》付《づけ》は、ちょうど一年前の今日だった。

今日、ルーク・ベントンが行方不明《ゆくえふめい》になった日は、このメールがおくられた日でもあるんだ！

だんだんするどくなってきたジュリエットは、さらに奇妙《きみょう》なことに気づいた。

メールが書かれたと思われる時間が変《へん》だ。おくられてきた順番《じゅんばん》が逆《ぎゃく》になっている。

どのメールも、先におくられたメールよりも数分早い時間に書かれていた。最後《さいご》にうけとった「あなたの友だち」というメールが、最初《さいしょ》におくられるべきものだ。

ただしい順番《じゅんばん》にならべると、メールはこんなふうに読めた。


〈あなたの友だち。あなたを必要《ひつよう》としている〉

〈こわい〉

〈でられない〉

〈こごえている〉

〈たすけて〉

背中《せなか》をつめたい指がはいおりるようにかんじて、ジュリエットは身ぶるいした。幕《まく》のうしろは暑《あつ》くて、風通しもわるかったのに。小さな画面を見つめて、読んでいるものから意味を――どんな意味でも――理解《りかい》しようとした。

そのとき、ジュリエットは電話を落としそうになった。またメールがとどき、電話が手の中で虫のようにふるえたのだ。

ジュリエットは画面を見て、すすり泣《な》きをこらえた。

「うそでしょう」小さな声でいう。「うそよ。ああ、おねがい。どこかへ消えて」

前とおなじ番号からのメールだった。そしてこれまでのどのメールよりも前の時間のものだ。

〈ここは永遠《えいえん》にとざされている〉

「どこなのよ？」ジュリエットはつぶやいた。目をとじて、あらゆる手がかりを考えあわせてみる。そこはこごえるようなところで、とざされている——またしても心にどこかの光景《こうけい》がうかんだ。

寒くて暗く、空気がなくて、息もできないところ……。ジュリエットは身ぶるいして、携帯《けいたい》電話をポケットにつっこんだ。いったい、こんな映像《えいぞう》はどこから生まれたのだろう？　これにかなり影響《えいきょう》されはじめている。だんだん考えをひきだされるような……。

最後《さいご》のメールの言葉が心にひっかかった。

永遠《えいえん》にとざされている、ということが……。

マーケット通りよ。

ジュリエットはそう思って、また身ぶるいした。一瞬《いっしゅん》、二日前の夕方の寒くてじめじめした場所にもどった気がした。マーケット通りの真ん中ぐらいまでいった、さびれた肉屋の外に。無断居住者《むだんきょじゅうしゃ》がいないかと、ダニエルはよごれた窓《まど》から中をのぞいていた。

「永遠《えいえん》にとざされているようだわ」ジュリエットはそういった。

最初《さいしょ》のメールがきたのは、それからほんの数分後だった。

ジュリエットはポケットの中で携帯《けいたい》電話をにぎりしめた。あのさびれた肉屋はなんらかの形でこれと関係《かんけい》がありそうだ。


「ねえ、ジュールズ。どこへいくの？」

夕もやのせいでクリスティンの声はくぐもっていた。ジュリエットは聞こえないふりをして校門からいそいででていった。追悼会《ついとうかい》がおわるなり、ホールからぬけだしたのだ。そしていまは、両手をポケットにつっこんで、足早に道を歩いていた。つかの間《ま》、こんなふうにクリスティンをさけたことに罪悪感《ざいあくかん》をおぼえた。でも、クリスティンは理解《りかい》してくれなかったのだ——理解《りかい》できなかった——と思いだす。おくり主不明《ふめい》のメールをジュリエットがどれほど気味《きみ》わるがっているかということを。説明《せつめい》しようとすれば長くなるだろう。これはジュリエットがひとりでやらねばならないことだった。

ジュリエットは暗がりの中を歩きつづけた。

マーケット通りにはつめたい風がふきぬけていた。しめっぽくて暗い小道のせいで、なおさらさむざむとして見える。まるで古い白黒映画《えいが》の光景《こうけい》のようだ。

前にジュリエットが見たとき、肉屋は単《たん》なる黒いかたまりにすぎず、その窓《まど》は未知《みち》のものへ通じる暗い穴《あな》のようだった。

いま、赤い夕焼《ゆうや》けの中で前よりもよく見えるようになると、肉屋はいっそう不気味《ぶきみ》だった。どっしりした四角い店がまえはみにくかった。ペンキはわざとはげているかのようで、最初《さいしょ》にぬられたときでさえ、きれいに見えなかったのではと思われた。

まるで授業中《じゅぎょうちゅう》に、両足を机《つくえ》の上にのせてすわっている児童《じどう》のようだ。

メールの着信《ちゃくしん》を知らせる音がしずけさをやぶっても、ジュリエットはとびあがったりしなかった。たぶんくるだろうと予想《よそう》していたのだった。どんなメールがきたかしらべた。

〈みんな、家へ帰ったと思う〉

ジュリエットは身ぶるいした。だれがおくってきたにせよ、その人物はひとりきりなのだ――ちょうどいまのジュリエットのように。

「わたしも家にいるのならいいのに」ジュリエットはつぶやいた。

窓《まど》に顔を押《お》しつけてみた。すすけた窓《まど》ガラスにジュリエットの顔が、灰色《はいいろ》を背景《はいけい》にしたピンクがかったしみのようにうつった。

中にあるものの形が見える。下のほうの窓《まど》わくにはいくつか手形があった。中をのぞいていたときにダニエルがつけたものかもしれない。無断居住者《むだんきょじゅうしゃ》のことがそんなに心配なら、どうしてダニエルのお父さんはちゃんとした防犯対策《ぼうはんたいさく》をとらないのだろう。

ジュリエットは店からあとずさって、くずれかけている玄関《げんかん》を見つめた。

「こんなとこで、わたしはなにをしているの？」ジュリエットは思っていたことを声にだした。おくり主不明《ふめい》の携帯《けいたい》メールを最初《さいしょ》にうけとったのがここだというのは、ただのぐうぜんに決まってるでしょう？

「ああ、わすれちゃおう」ジュリエットはつぶやいた。「しっかりしなさいよ、ジュールズ」

帰ろうとしてむきを変《か》えたとたん、携帯《けいたい》電話がなった。

ジュリエットはその場に凍《こお》りついた。マークとわかれた、なんてクリスティンがメールしてくることはありえる？　ジュリエットはひねくれた気分で考えた。

ありえないわね。携帯《けいたい》電話をとりだしながらも、ジュリエットにはわかっていた。

そんなことはまず考えられない。

メールをおくってきたのはクリスティンではなかった。一年前からつかわれていない番号のものだった。

〈**とじこめられた**〉

ジュリエットは息をのんだ。とじこめられた、ですって！

以前《いぜん》、うかんだ光景《こうけい》の恐怖《きょうふ》が倍になってよみがえる。すべてを考えあわせると、自分はなぜかこう推測《すいそく》したことになる。この人物がぐうぜんに、寒《さむ》くて暗い、空気のない場所にとじこめられたのだ、と。それだけでもひどすぎる話だ。

だけど、だれかにわざととじこめられたのだとしたら？

ジュリエットは店の正面にうちつけられた金属板《きんぞくばん》をしらべた。ドアの取っ手すらあらわれていない。あたりを見まわすと、この店ととなりの建物《たてもの》とのあいだに、ごくせまくて暗い通路があることに気づいた。正面のドアはふさがれていても、裏口《うらぐち》があるにちがいない。

〈でられない……〉

ジュリエットは通路をじりじりとすすんでいき、店の横手へまわった。足がなにかをふみつぶしたが、くわしくしらべたくはなかった。ゴミ箱らしきものにむこうずねをひどくうちつけ、ジュリエットは小声でののしったが、だれも聞いていないと気づくと、もっと大声で文句《もんく》をいった。とうとう、通路のかべが両側《りょうがわ》ともなくなり、ジュリエットは店の裏庭《うらにわ》によろめきでた。

そこは、サビた有刺鉄線《ゆうしてっせん》とこわれたガラスがてっぺんに植えてある、高いレンガ塀《べい》でかこまれたところだった。暗がりの中でぼんやりとかげをつくって、塀際《へいぎわ》にうずたかくつまれたゴミを見ると、この通りじゅうのガラクタがここにすてられているかのようだ。だが、古い肉屋の店の裏《うら》に通じるドアはまちがいなくあった。それには板がうちつけられていないらしい。

ジュリエットは取っ手に手をかけて押《お》し、それからガチャガチャとまわした。ドアは板ばりされていないが、しっかりカギがかけられていた。取っ手のすぐ上に、新しくて頑丈《がんじょう》そうな南京錠《なんきんじょう》がとりつけられている。

よくある型《かた》のエール錠《じょう》の、まるいカギ穴《あな》も見える。ドアの上半分にはガラスがはまっていたが、内側《うちがわ》からブラインドがおりていて店内は見えなかった。ドアのガラスには外から鉄製《てっせい》の格子《こうし》がとりつけられている。格子《こうし》は赤くサビて、ひとつのすみは木のわくのところからねじれていた。

〈あなたの友だち。あなたを必要《ひつよう》としている〉

ジュリエットがあとずさると、足がなにかに当たって、カチリという金属的《きんぞくてき》な音がした。金属《きんぞく》パイプを何本もどけて、こわれた陶器《とうき》のシンクの上にかさねておいたのだ。

ジュリエットはかがむと、つめたくて重いパイプの一本をにぎりしめた。パイプの片《かた》はしを南京錠《なんきんじょう》の輪《わ》の部分にさしこみ、渾身《こんしん》の力をこめて押《お》した。錠《じょう》の留《と》め金《がね》はゆっくりとまがっていき、やがていきなりはずれた。

あとはエール錠《じょう》だけね。

ジュリエットは思った。窓《まど》をこわして、ひらいた部分から中に手をいれてカギをあけねばならない。格子《こうし》のあいだに指をいれてひっぱった。少し動くのをかんじたが、格子《こうし》はそれ以上びくともしなかった。もう一度パイプをひろいあげ、ドアと格子《こうし》のあいだに注意ぶかくさしこんだ。格子《こうし》はドアからうきあがり、めりめりと木がさける音がしたと思ったとたんにはずれた。

予想《よそう》したよりもすぐにはずれたはずみで、ジュリエットはかたいレンガのかべにこぶしをうちつけてしまった。手を口にいれて、すりむいたところをすった。あとは窓《まど》をこわすだけで、中にはいれる。

ジュリエットはパイプをふりあげた。ガラスがこなごなになると、満足感《まんぞくかん》をおさえるのに苦労《くろう》した。ドア枠《わく》につきでたギザギザのガラスでけがをしないように気をつけながら、ひらいた穴《あな》からおそるおそる手を中にいれる。なにかつめたくてしめったものが指にふれて、悲鳴《ひめい》をあげそうになった。だが、それはドアの内側《うちがわ》にかかったブラインドにすぎなかった。

〈みんな、家へ帰ったと思う〉

指が掛《か》け金《がね》にふれたが、ちゃんととどくようにするためには、つま先立って手をのばし、肩《かた》がひきつるような無理《むり》な姿勢《しせい》をとらねばならなかった。ジュリエットはしっかりとカギをつかんでまわした。掛《か》け金《がね》は、にぶい音をたてて外れた。ドアに肩《かた》を当てて押《お》しあけた。いやいやながらというふうに、ゆっくりとドアがひらく。ジュリエットもゆっくりと、暗くてひんやりした建物《たてもの》の中にはいっていった。

〈ここは永遠《えいえん》にとざされている〉

店の中はほこりとカビのにおいがした。はじめのうちは四角いものがぼんやり見えるだけで、影《かげ》がよどんでいるかのようだった。思わず明かりのスイッチをもとめてドアのわきをさぐったが、クモの巣《す》がびっしりはったところに指をつっこんでしまったのだ。ジュリエットは金きり声をあげそうになった。

やっと、目も暗闇《くらやみ》になれてきた。備品《びひん》だの机《つくえ》だの、この部屋が以前《いぜん》はどんなものだったかをしめしそうなものはすべてなくなっていた。床《ゆか》には黒とうすい灰色《はいいろ》の四角いチェック模様《もよう》のタイルがはられている。灰色《はいいろ》のタイルは、かつて白かったのだろう。

ジュリエットは一歩前にすすんだ。なにか小さなものが足のまわりで動いている音が聞こえる。まぎれもなく生きた何者かが、すばやく走っている。

ジュリエットはさっとあとずさり、かべにぶつかった。細かいほこりが髪《かみ》に降《ふ》ってくる。あわててそれを頭から両手でふりはらううちに、黒くて小さなもの——ネズミだろうか？——はすばやく床《ゆか》を横ぎっていってしまった。そしてジュリエットの右側《みぎがわ》のかべにあいた穴《あな》の中に消えた。

深々《ふかぶか》と息をすっては吐《は》くうち、ドキドキしていた胸《むね》はようやく落ちついた。あたりを見まわした。正面にあるドアは、店の中心部へ通じるものだろう。右側《みぎがわ》にもドアがあり、半びらきになっていた。むこうに階段《かいだん》が少し見えている。

〈**たすけて**〉

三つめのドアが、部屋の左奥《ひだりおく》のすみにあった。

それがドアだとはすぐにわからなかった。というのも、ほかのドアよりも高さがあり、幅《はば》も広かったからだ。最初《さいしょ》は、変《か》わったぬられ方をしたかべの一部だと思った。

　こうして目がなれてくると、前よりもはっきりと見えてきた。

それはとなりのかべよりも色が濃《こ》かった。店の正面にある、うちつけられた窓《まど》ごしにはいってくるオレンジ色の夕陽《ゆうひ》に照《て》らされて、金属的《きんぞくてき》なかがやきをおびていた。

　肉屋の商売がどんなものか、ジュリエットはたいして知らなかった。でも、肉を保《ほ》存《ぞん》しておく場所がどこかにあるはずだ。ふつうの冷蔵庫《れいぞうこ》よりも大きなものが。

　これが肉屋専用《せんよう》の冷凍室《れいとうしつ》にちがいない。

〈こごえている〉

　ジュリエットは慎重《しんちょう》にそのドアへ歩いて、ステンレス製《せい》の表面に指を走らせた。ウエストの高さほどのところに、縦長《たてなが》の取っ手がある。となりのかべにはパネルがあり、スイッチやダイヤルがついている。おそらく温度を調節《ちょうせつ》するためのものだったのだろう。もちろん、だいぶ前に電源《でんげん》が切られて、いまではどれも反応《はんのう》がない。

〈とじこめられた〉

そのドアは銀行の貴重品保管室《きちょうひんほかんしつ》への入り口に似《に》ていた。もし、この建物《たてもの》にとじこめられた人がいたなら、この中がそうだろう。ほかの部屋なら、ドアをこわすなり、窓《まど》からぬけだすなりすればいい。でも、ここにとじこめられてしまったら……でられるチャンスはあるだろうか？

このドアのむこうになにがあるか、わたしは本当に見たいの？

ジュリエットは身ぶるいしたが、両手で取っ手をつかんだ。ここまできたのだ。知らなければならない。

ジュリエットはまた手をはなした。知りたくなかった。家に帰りたい、いますぐに。

〈とじこめられた〉

ふるえながら立つジュリエットにすすり泣《な》きがこみあげた。

〈こわい〉

言葉にならない怒《いか》りと恐怖《きょうふ》のさけびにつき動かされ、ジュリエットは取っ手をつかんでひいた。動かない。もう一度、取っ手をにぎると、すべりやすい床《ゆか》に足をふんばり、ひっぱった。ブツブツののしりながら、必死《ひっし》になって。ちょっと動いただろうか？　ジュリエットはまた足をふんばって体をそらし、精一杯《せいいっぱい》の力で取っ手をひいた。

カチリという音がして、ドアは二センチほど動いた。

まだ両手で取っ手をひかなくてはならなかったが、ドアはゆっくりとひらきはじめた。よどんだ空気が顔にさっと当たったとたん、ひどい悪臭《あくしゅう》がおそってきて、ジュリエットは息がつまった。生命のない、くさったもののにおい。こんなにおいがあっていいはずはない。

〈とじこめられた〉

ジュリエットはそでを口におし当てて、よろよろとあとずさった。だれかが古い肉をここにのこしていったにちがいない。

これほどひどいにおいはかいだことがなかった。

ジュリエットは息を止めて、一歩前にすすむと、冷凍室《れいとうしつ》をのぞきこんだ。だが、見えたかぎりでは、中は電話ボックスなみのせまさにも、サッカー競技場《きょうぎじょう》ほどの広さにも思えた。冷凍室《れいとうしつ》の中の闇《やみ》はどこよりも濃《こ》く、部屋からぼんやりとはいるわずかな光さえもすっかり飲みこまれていた。胃《い》のむかつきがおさまるまでまつと、ジュリエットはドアを目いっぱいひきあけて、光がさしこむようにした。

〈**たすけて**〉

暗さが少しうすれ、それがスチール製《せい》の箱型《はこがた》のものだということがわかった。どのかべも完全《かんぜん》になめらかで、天井《てんじょう》にとりつけられた棚《たな》からは、カーブしたスチール製《せい》のかけ鉤《かぎ》がいくつかぶらさがっている。かつては、そこに牛のわき腹肉《ばらにく》だのベーコンだのがつるされていたのだろう。だがいまは、ジュリエットが巻《ま》きおこしたかすかな風にゆれているだけだ。そして床《ゆか》は……。

床《ゆか》はなめらかな、白のセラミックタイルだった。ひらいたドアのむこうからわずかにさしこむ、ぼんやりしたほこりっぽいオレンジ色の光が、遠くのすみにころがった靴《くつ》にそそいでいる。

スニーカー——銀のふちどりがされた、黒のスニーカー。

ジュリエットはもう数センチ押《お》しやって、ドアを全開にした。光が奥《おく》までさしこみ、濃《こ》い色のズボンに包《つつ》まれた足を照《て》らしだした。それから体全体が見えた。頭も。そのからだはかべにもたれかかっていた。すわっているうちに亡《な》くなったかのようだ。学校のブレザーが見えたが、どっちみちそれがだれだか、ジュリエットにはわかった。

ルーク・ベントンを見つけたのだ。

ルークの両手の皮《ひ》ふはひきつっている。からだはいまにも破裂《はれつ》しそうなほどはりつめていた。ジュリエットはかがんで、無理《むり》やり顔を見つめた。くちびるはゆがんで、歯がむきだしになっている。絶望《ぜつぼう》の中でユーモアをかんじてにやりと笑《わら》ったかのように。ルークのほお骨《ぼね》はくっきりとうきでていた。ジュリエットはエジプトのミイラを思いうかべた。

ルークの片手《かたて》はひざの上におかれ、もう片方《かたほう》の手は手のひらを上にむけて床《ゆか》になげだされていた。指は携帯《けいたい》電話をにぎっている。

ジュリエットは首をのばし、死体に近よらずに携帯電話《けいたい》の画面を見ようとした。でも、角度にかなり無理《むり》があったので、手をのばして、ルークの手から電話をそっとひきぬくしかなかった。指を二本だけつかって、死体に少しもふれないようにしながら。

思ったよりも、ルークは電話をきつくにぎっていた。電話をとりあげたとき、一瞬《いっしゅん》、ルークの手ももちあがり、ジュリエットはあまりにもきつく歯を食いしばったため、目がいたくなった。ふいに、生命のないルークの手がゆるみ、タイルの床《ゆか》にどさりと落ちた。

ジュリエットは明かりのほうに電話を向けた。その機種《きしゅ》のことはよく知っていた——自分のものとおなじだったのだ。

電源《でんげん》のいれ方はわかっている。

だが、キーを押《お》してもなにもおこらなかった。ずっと前にバッテリーが切れていたのだ。

けれども、ひとつだけできることがあった。ジュリエットはいそいで電話のふたをあけると、ＩＣカードをとりだして、自分の電話のものと交換《こうかん》した。自分の電話の電《でん》源《げん》をまたいれると、画面にはルークの最後《さいご》のメールがいくつかあらわれた。
どれも送信《そうしん》トレイの中にあった。すべてのメールが、ルークのうった順番《じゅんばん》どおりにならんでいる――ジュリエットがうけとったのとは逆《ぎゃく》の順番《じゅんばん》に。

〈とじこめられた〉

〈みんな、家へ帰ったと思う……〉

送信済《そうしんず》みのメールはなかった。メールをスクロールしていくと、最後《さいご》にメッセージ・レポートがあらわれた。送信《そうしん》された日付《ひづけ》と時間をすばやく見て、最後《さいこ》の文面を読む。「エラー：メールを送信《そうしん》できません」
「ああ、ルーク」ジュリエットはつぶやいた。目になみだがあふれる。「あなたをこからだしてあげるわ。ちょっとたすけをよびに……」

「しずかにしろ！」

「そうしてるよ！」

ジュリエットはくるりとふりかえった。店の裏《うら》からだれかがはいってきている。ふたりの人間の話し声が聞こえ、タイルの床《ゆか》をすり足で歩く二組の足音も聞こえた。

とっさにジュリエットは片側《かたがわ》により、ドアからさしこむ光のすじのとどかないところへ動いた。かべにぴったりからだをつけて立つ。

だれがいるのか見えないが、むこうからも自分が見えないはずだ。

「なあ、だれもここにいないかもしれないぜ……」

「あのドアがあけられていたじゃないか！」

「わかったよ、ダニエル。わかったってば……」

ダニエル！

ジュリエットは目をとじ、ほっとしてゆっくりと息をついた。やっとだれの声かわかった。なんのことはない。ダニエルだ。父親の店に無断《むだん》居住者《きょじゅうしゃ》がいないかまだ心配で、マークをつれて見にきたのだろう。

ジュリエットは目をあけた。寒《さむ》い冷凍室《れいとうしつ》の床《ゆか》を横ぎっている光のすじが細くなっていく。かべ際からふみだしたとたん、なめらかなスチール製《せい》のドアがぴしゃりとしまった。

ジュリエットは悲鳴《ひめい》をあげて、ドアにかけよった。ドアがしまったと同時に真っ暗になり、金属製《きんぞくせい》のドアにぶつかった。

「やめて！　ドアをあけて！」ジュリエットは金きり声をあげた。携帯《けいたい》電話を落として、なめらかなスチール製《せい》のドアの表面をやみくもに手さぐりする。「まって！　ドアをあけてよ！　ダニエル！　マーク！　おねがい！　あけてったら！」

あまりにも暗くて、自分が目をあけているのかどうかもわからない。ドアに体を押《お》しつけたが、両手ははなしたくなかった。この真っ暗闇《やみ》の中では、ドアだけがたしかなよりどころだったからだ。ドアからはなれてむきを変《か》えたら、果《は》てしない暗黒の空間をグルグルまわることになるだろう。

マークとダニエルには、ひらいたドアから死体が見えなかったのだろうか？ 見えなかったにちがいない。でも、わたしの声を聞いたはずだ。ドアがしまる寸前《すんぜん》に悲鳴《ひめい》をあげたのだから。

わたしがここにいるとわかっているから、すぐにドアをあけてくれるわよ！

そうでしょう？

〈とじこめられた……〉

その意味をすぐには理解《りかい》できなかった。「ドアがとじた」とはいっていない。〝ぐうぜんにドアがとじてしまった〟という意味ではないのだ。ただ「とじこめられた」というだけ……それから「みんな、家へ帰ったと思う」と。

「まさか、そんな」ジュリエットは小声でいった。「マークとダニエルが！」ジュリエットは床《ゆか》にすわりこんで、つめたい金属製《きんぞくせい》のドアに背中《せなか》をもたせかけた。

〈こわい〉

〈でられない〉

〈こごえている〉

どれくらい時間がたったのだろう。ジュリエットはようやく、またすじの通った考えができるようになった。ここからでなければならない。マークとダニエルがたすけにもどってこないことははっきりしている。携帯《けいたい》電話は落としてしまった——そうだ、もう一度見つけなくては。

ジュリエットはひざをついて、はうように前進した。前にあるセラミック製《せい》のタイルに、両手を走らせながら。電話を見うしなってしまったのではないかと、何度も覚《かく》悟《ご》した。指がルークのからだをかすめたのをかんじる。

手がなにか小さくてかたいものにぶつかった感触《かんしょく》があった。

それは音をたてながら床《ゆか》をすべっていったが、そう遠くへいかないうちにつかむことができた。それからジュリエットは手さぐりで、メニューボタンを押《お》した。

電話の画面とキーパッドが緑色にかがやいた。ジュリエットはほっとしてため息をついた。これで明かりがある。世間と通じる方法《ほうほう》があるのだ。


〈あなたの友だち。あなたを必要《ひつよう》としている〉

しめっていやなにおいのする空気が、ジュリエットにのしかかっていた。このスチール製《せい》の穴倉《あなぐら》にどれくらいの酸素《さんそ》があるかはわからない。でも、おとなしくしていれば、しばらくはもつはずだ。だれかがたすけにきてくれるまで充分《じゅうぶん》な酸素《さんそ》があるだろう。ジュリエットはメールのメニューをよびだし、「たすけて」とうちこんで、クリスティンの番号をえらんだ。

くるくるまわる封筒《ふうとう》が画面にあらわれ、メールがおくられたことをつたえた。

ジュリエットはほっとして、ドアにもたれた。

電話が鳴った。暗闇《くらやみ》の中でジュリエットはにっこりして、クリスティンがどんなメールをおくってきたかしらべた。

それはクリスティンからのメールではなかった。ジュリエットはまじまじと画面を見つめたが、書かれていた言葉は理解《りかい》できなかった。

〈エラー――メールは送信《そうしん》できませんでした〉

ようやく意味がわかると、ジュリエットはこう信《しん》じてうたがわなかった。

一年前、絶望《ぜつぼう》にかられてだしたメールが送信《そうしん》できないとわかったとき、ルークもおなじ気持ちだっただろう、と。

自分はスチール製《せい》の棺《かん》おけにおさまっているのだ。
電話の電波はここにはまったく通じない。
携帯《けいたい》電話がつかえる望《のぞ》みはなかった。
ジュリエットは絶叫《ぜっきょう》した。

The End

ニック・シャドウの
真夜中の図書館
3
ゲームオーバー

2008年5月10日　初版第1刷発行
2008年7月 5 日　第2刷発行

著者◆ニック・シャドウ
訳者◆金井真弓

発行者◆斎藤広達
発行・発売◆ゴマブックス株式会社
〒107-0052 東京都港区赤坂1-9-3 日本自転車会館3号館
電話 03(5114)5050
翻訳協力◆株式会社 トランネット
DTP◆株式会社 ニッタプリントサービス
印刷・製本◆株式会社 暁印刷

ISBN978-4-7771-0934-0